[英]罗尔德·达尔 _____ 著

马爱农 _____ 译

待宰的羔羊

ROALD DAHL
DECEPTION

浙江文艺出版社
Zhejiang Literature & Art Publishing House

目　录

我心爱的女人

午饭后打个盹儿是我多年的习惯。我在客厅的一把椅子上坐下，脑袋后面放一个靠垫，双脚搁在一个皮革的小方凳子上，看着看着书就睡着了。

在这个星期五的下午，我坐在椅子上，手捧一本书——双日和西林出版社的《日变鳞翅目属》，一直是我的最爱——就在这时，我的妻子，一个从来不会安静的女人，在对面的沙发上对我说话了。"这两个人，"她说，"他们什么时候来？"

我没有回答，她就把问题又问了一遍，这次提高了嗓音。

我很有礼貌地告诉她，我不知道。

"我觉得我不太喜欢他们。"她说，"特别是那个男的。"

"是的，亲爱的，好的。"

"阿瑟。我是说我觉得不太喜欢他们。"

我把书放下，看着躺在沙发上的她，她的脚高高跷起，手里翻着一本时尚杂志。"我们只见过他们一次。"我说。

"一个令人讨厌的男人，真的。一刻不停地说笑话、讲段子，嘴不闲着。"

"我相信你能把他们应付得很好，亲爱的。"

"再说那女人也不是省油的灯。你说他们什么时候会来？"

"大概六点钟左右吧，我猜想。"

"可是你不认为他们很讨厌吗？"她问，用一根手指头指着我。

"这个……"

"他们太讨厌了，真的讨厌。"

"现在我们没法不让他们来了，帕梅拉。"

"他们绝对是一场灾难。"她说。

"那你为什么邀请他们呢？"没等我反应过来，这个问题已经滑出了口，我立刻就后悔了，因为我有一个原则，只要能忍住我就决不招惹我的妻子。片刻的沉默，我注视着她的脸，等待着回答——那张白色的大脸庞，在我眼里是那么奇怪又迷人，有时我简直无法把目光从那张脸上挪开。有些夜晚——她在做刺绣，或者画那些小而复杂的花卉图——那张脸绷得紧紧的，因某种微妙的内在力量而熠熠闪光，美得无法用语言形容，我会坐在那里，假装看书，却一分钟接一分钟地凝视着它。即使现在，此时此刻，那张脸蹙着眉头，烦躁地皱起鼻子，露出一副刻薄的表情，我也不得不承认这女人身上有一种端庄的特质，伟岸、近乎威仪。而且她个子那么高，比我高多了——不过她如今已五十有一，我认为人们不会说她高挑，而只会说她魁梧了。

"我为什么邀请他们，你知道得很清楚。"她尖刻地回答，"打桥牌，仅此而已。他们打牌的技术绝对一流，而且下的赌注也很可观。"她抬头扫了一眼，发现我在注视着她。"怎么样，"她说，"你差不多也是这种感觉吧？"

"是的，当然，我……"

"别说傻话，阿瑟。"

"我只跟他们见过一次，必须承认，他们看上去确实蛮不错的。"

"刽子手表面看着也不错。"

"好了，帕梅拉，亲爱的——拜托。我们不要吵架。"

"听着，"她说，啪的一声把杂志拍在腿上，"你跟我一样看清楚了他们是什么样的人。两个一心想往上爬的傻瓜，以为自己打得一手好牌，就能畅通无阻。"

"我相信你说得对，亲爱的，但我不能完全明白的是为什么——"

"我一直在告诉你——我是为了我们终于能像样地打一次牌。我已经厌倦了跟菜鸟一起打牌。但我真不明白我为什么要让这两个讨厌的人到家里来。"

"当然，当然，我亲爱的，可是现在有点儿晚了——"

"阿瑟？"

"怎么？"

"看在上帝的分上，你为什么总是跟我吵架？你明明知道你自己跟我一样不喜欢他们。"

"我真的认为你不需要担心，帕梅拉。毕竟，他们看起来是很随和、很有礼貌的年轻人。"

"阿瑟，不要自以为是。"她用那双灰色的大眼睛犀利地看着我，我为了躲避——它们有时会让我感到很不安——我站起身，走向通往花园的落地长窗。

房子前面的大草坪刚修剪过，如同铺着一条条浅绿和深绿的丝带。远端的两株金莲花终于全开花了，像几串金灿灿的链条，在后面那些黑色树木的衬托下显得分外耀眼。玫瑰花也开了，还有鲜红色的秋海棠，在那片长长的草木花坛里，我所有漂亮的美洲石竹、色子柱花、飞燕草、耧斗菜，还有硕大的、香气扑鼻的白色鸢尾花也都开花了。一个园丁吃过午饭正从车道走来。我可以透过树丛看见他小木屋的屋顶，屋后一侧的那条车道穿过坎特伯雷路的大铁门通向外面。

　　我妻子的房子，她的花园。一切都是多么美丽！多么宁静！现在，只要帕梅拉能不那么热心挂念我的健康，不那么喋喋不休地叫我做这做那——为了我的安康而不是为了我的快乐，这简直就是神仙日子了。注意，我不想让人们误以为我不爱她——我连她呼吸过的空气都崇拜——或者误以为我管不了她，我驾驭不了自己的这条船。我想说的只是，她的行为方式有时候真的有点儿烦人。比如，她的那些小小的怪癖——我真希望她能把它们都改掉，特别是她为了强调一句话，用指头戳着我的做法。千万别忘了，我是一个体格比较瘦小的男人，这样一种手势如果被我妻子这样一个人过度使用的话，是容易造成恐吓的。有时候我发现很难让自己相信她不是个专横的女人。

　　"阿瑟！"她喊道，"过来。"

　　"什么？"

　　"我刚想出一个特别奇妙的主意。你过来。"

　　我转过身，朝躺在沙发上的她走去。

　　"听我说，"她说，"你想找点儿乐子吗？"

　　"什么样的乐子？"

　　"捉弄一下斯内普夫妇。"

　　"斯内普夫妇是谁？"

"拜托。"她说，"你醒醒吧。亨利和莎丽·斯内普。我们周末的客人。"

"怎么说？"

"你听着。我刚才躺在这儿，想着他们多么让人讨厌……他们的那种行为……男的说笑话，女的像一只爱得发痴的麻雀……"她迟疑了一下，不知为什么狡黠地微笑着，我不由得预感到她马上要说出什么吓人的话来了。"你想想—— 如果他们在我们面前是那种做派，他们俩私下里会是一副什么样子呢？"

"等一等，帕梅拉——"

"别犯傻了，阿瑟。我们找点乐子吧——难得让自己乐呵一下—— 就在今晚。"她在沙发上半直起身子，脸上因某种心血来潮而焕发光彩，嘴巴微微张着，两只灰色的圆眼睛看着我，每只眼睛里都有一丝火星在慢慢跳动。

"为什么不呢？"

"你想做什么？"

"哎呀，那太明显了。你看不出来吗？"

"看不出来。"

"我们只需要在他们的房间里放一个麦克风。"我承认我预料到会听见很糟糕的事情，但她的这句话使我感到太震惊了，我一时间不知怎么回答。

"这就是我们要做的事。"她说。

"喂！"我喊道，"不。等一等。你不能那么做。"

"为什么不能？"

"这是我听到的最卑鄙的做法。这就像—— 是啊，就像贴在锁眼上偷听，或者偷看别人的信，只是比这些还要恶劣得多。你该不是当真的吧？"

"当然是当真的。"

我知道她多么讨厌被人反驳，但有时候我觉得必须坚持自己的意见，哪怕要冒相当大的风险。"帕梅拉，"我厉声地、一字一顿地说，"我不允许你这么做！"

她把脚从沙发上放下来，身体坐得笔直。"看在上帝的分上，你装什么装啊，阿瑟？我真是不理解你。"

"应该没那么难理解。"

"荒唐！我知道你以前做过许多更卑鄙的事。"

"从来没有！"

"哦，当然做过。你怎么突然以为自己是个比我高尚得多的人？"

"我从没做过那样的事。"

"是吗，好小子。"她说，那根手指像手枪似的指着我，"去年圣诞节在米尔福德家的那次怎么说？还记得吗？你笑得像个疯子似的，我只好用手捂住你的嘴，不让他们听见。这你怎么解释？"

"那不一样。"我说，"那不是在我们家，他们也不是我们的客人。"

"这根本没有任何区别。"她身子坐得直直的，用那双圆溜溜的灰眼睛盯着我，下巴开始向上仰起，显示出一副特别轻蔑的样子。"别做个自以为是的伪君子啦。"她说，"你这是犯了什么毛病？"

"可是，我真的认为这是一件很卑鄙的事，帕梅拉，真的。"

"你给我听着，阿瑟。我就是个卑鄙的人。你也是—— 不可告人的卑鄙。不是一家人不进一家门。"

"我从没听过这种胡说八道。"

"就是这么回事，除非你突然决定彻底改变你的性格。"

"你千万别再这么说话了，帕梅拉。"

"如果你真的决定脱胎换骨，"她说，"你知道我会怎么做呢？"

"你都不知道自己在说些什么。"

"阿瑟，像你这样一个高风亮节的人，怎么会愿意跟一个下三滥联系在一起呢？"

我慢慢地在她对面的椅子上坐下，她一直那样注视着我。你要明白，她是个大块头女人，有一张大白脸，当她像现在这样死盯着我时，我就变得——怎么说呢——似乎被她包围，被她完全笼罩了似的，就好像她是一大桶奶油，我不小心掉了进去。

"你不会真的打算做这件放麦克风的事情吧？"

"当然是真的。我们也应该在这里找点儿乐子了。好了，阿瑟。别这么古板。"

"这样不好，帕梅拉。"

"有什么不好？"——那根手指又举起来了——"有什么不好？你在玛丽·普罗伯特的钱包里发现那些信时，不是把它们从头到尾读了一遍吗？"

"我们真不应该那么做。"

"我们！"

"你后来也读了，帕梅拉。"

"那并没有伤害任何人。你自己当时也这么说。这一次也差不多。"

"如果有人对你做了这件事，你会是什么感觉？"

"我根本不知道有这事，怎么会在意呢？好了，阿瑟。别这么优柔寡断。"

"我必须好好想想。"

"也许伟大的无线电工程师不会把麦克风连在喇叭上[1]?"

"那是小菜一碟。"

"好,那就去吧。快去把它办了。"

"我要考虑一下,然后再告诉你。"

"没时间了。他们随时都会来。"

"那我还是别干了。我可不想被逮个正着。"

"如果你没弄完他们就来了,我就把他们先留在楼下好了。没有危险。对了,现在几点了?"

"差不多三点钟。"

"他们从伦敦开车过来,"她说,"肯定是吃了午饭才动身。你有的是时间。"

"你准备让他们住哪个房间?"

"走廊尽头的那个黄色大房间。不太远,是不是?"

"应该能行吧。"

"顺便问一句,"她说,"你准备把喇叭放在哪儿?"

"我还没说我要做这件事呢。"

"我的上帝!"她喊道,"我倒真想看看现在还有谁能拦得住你。你应该看一下自己的脸。为这件事激动得满脸通红,兴奋得要命。把喇叭放在我们卧室里呀,难道不是吗?快干吧——抓紧时间。"

我迟疑着。每当她想命令我做什么事,而不是好言好语地提出请求时,我都要刻意地迟疑一番。"我不太愿意,帕梅拉。"

她不再说一句话,只是坐在那儿,完全一动不动,注视着我,

1　此处为一种简易的窃听装置。

脸上带着一种听天由命、耐心等待的表情，似乎她在排一个长队。我从经验得知，这是一个危险的信号。她就像那种拉环已经抽出的炸弹，随时随刻都有可能——轰！突然爆炸。在接下来的沉默中，我几乎能听见嘀嗒嘀嗒的声音。

于是我默默地站起身，出门来到工具房，拿了一个麦克风和一百五十英尺[1]电线。现在离开她了，我可以羞愧地承认，自己确实也开始感到有点儿兴奋，指尖的皮肤下有一种轻微的麻酥酥的感觉。其实这没有什么——真的没有什么。仁慈的上帝，我这辈子每天早晨打开报纸，查看我妻子持有的量较大的两三只股票的收盘价时，都会体验到这种感觉。所以，我才不会被这样一个愚蠢的玩笑弄得失去理智呢。但是另一方面，我又忍不住觉得很有兴趣。

我一步两级地上了楼，走进过道尽头的那个黄色房间。它像所有客房一样，呈现一种洁净的、无人居住的面貌，两张单人床，黄色的缎子床单，浅黄色的墙纸，金色的窗帘。我东张西望，寻找一个藏麦克风的好地方。这是最关键的一步，因为它无论如何都不能被发现。我最先想到的是壁炉旁边装木头的篮子。就把它藏在木头底下好了。不行——不够安全。暖气片后面呢？或者衣柜顶上？桌子下面？这些地方在我看来都不是很专业。万一客人掉了一个领扣什么的，四处一找就会露馅。最后，经过反复盘算，我决定把它藏在沙发的弹簧里。沙发紧靠墙边，挨着地毯边缘，我的电线可以从地毯下直接通到门口。

我搬起沙发一角，把下面的布料割开一条缝，将麦克风牢牢地绑在弹簧中间，确保它对着房间里。然后，我把电线从地毯下面引

1　英美制长度单位，1 英尺 =12 英寸 =30.48 厘米。

向门口。我做这些事情时非常平静和谨慎。当电线从地毯下露出、经过门口时，我在地板上划开一道小凹槽，使电线几乎看不出来。

当然啦，所有这些都需要时间。我突然听见了轮胎在外面车道上碾得碎石吱吱响，接着是车门砰砰关上的声音和客人的说话声，而我还在走廊中间，顺着踢脚板[1]捋那根电线呢。我停住手，直起身子，手里拿着榔头，必须得承认，我感到有些害怕。你不知道那声音在我听来是多么让人紧张。记得在战争期间的一天下午，我安安静静地在图书馆里摆弄我的蝴蝶标本，突然一颗炸弹落在村子的另一边，我当时的感觉就是这么的胆战心惊。

别担心，我对自己说。帕梅拉会把那两个人稳住的。她不会让他们上楼来。

我有点手忙脚乱地开始完成我的工作。很快，我就把电线顺着走廊引进了我们的卧室。到了这儿，就没必要藏得那么仔细了，但我还是不允许自己掉以轻心，因为还有那些仆人呢。于是，我把电线塞在地毯底下，让它不显山不露水地通到收音机的后面。最后的连接属于基本的技术问题，我一下子就搞定了。

好了——大功告成。我退后几步，看了一眼小收音机。不知怎么的，它看上去不一样了——不再是一个发出声音的小破匣子，而是一个邪恶的小妖精，潜伏在桌面上，把身体的一部分偷偷伸出去，探入远处的一个禁区。我把收音机打开，它发出轻微的嗡嗡声，并没有其他声音。我拿起我床头柜上的钟——它的嘀嗒声很响，走到黄色房间，把它放在沙发旁的地板上。我回来后，果然，那个"收音机妖精"在嘀嗒嘀嗒地响，就好像钟在房间里——甚至

---

1 又称为脚踢板或地脚线，是楼地面和墙面相交处的一个重要构造节点。

比那还要响。

我把钟拿了回来。然后，我在浴室里把自己清理干净，把工具送回工具房里，准备去跟客人们见面。但是在那之前，为了平复自己的情绪，不至于双手"沾满鲜血"地出现在他们面前，我花了五分钟在书房里摆弄我的收藏。我专心致志地研究一匣子美丽的小红蛱蝶——"彩妆女郎"——并做了几个笔记，因为我正在写一篇题为《翅膀的色彩图案与结构的关系》的论文，打算在我们坎特伯雷协会的下一次会议上宣读。通过这种方式，我很快就恢复了平日里严肃和专注的态度。

我走进客厅时，我们的两位客人——他们的名字我怎么也想不起来——坐在沙发上。我妻子在调制饮料。

"哦，你终于来了，阿瑟。"她说，"你到底去哪儿了？"

我认为这个问题没有必要回答。"真对不起，"我跟客人们握手时说道，"我一忙起来就忘记了时间。"

"我们都知道你在做什么。"那姑娘说，露出了机灵的微笑，"但我们会原谅你的，是不是，亲爱的？"

"我认为应该原谅。"她丈夫回答。

我有一种可怕而奇怪的幻觉，我怀疑妻子在一片大笑声中把我在楼上做的事全告诉了他们。她不可能——她不可能那么做！我扭头看着她，她正在量出杜松子酒，脸上也露出微笑。

"对不起，打扰你们了。"那姑娘说。

我拿定主意，如果这是一个玩笑，那我最好赶紧奉陪，于是我强迫自己跟她一起微笑。

"你必须让我们看看。"那姑娘继续说。

"看什么？"

"你的收藏呀。你妻子说它们特别漂亮。"

我让自己慢慢坐进一把椅子里，放松下来。这么紧张和焦虑不安真是荒唐。"你对蝴蝶有兴趣？"我问她。

"我好想看看你的蝴蝶啊，博尚先生。"

马提尼酒[1]分到了大家手里，我们在晚饭前的两小时坐着聊天、喝酒。从那之后，我逐渐形成一种印象，似乎我们的客人是很有魅力的一对夫妇。我妻子出身于一个有爵位的家庭，对自己的阶层和家世特别敏感，经常会对那些待她比较热情的陌生人做出轻率的判断——特别是高个子男人。她经常是对的，但是这次我感觉她可能犯了一个错误。一般来说，我自己也不喜欢高个子男人，他们多半目空一切，以为自己什么都知道。可是亨利·斯内普——我妻子悄悄说出他的名字——却让我感到是一个和蔼而简单的年轻人，很有教养，他的主要关注点都在斯内普夫人身上，这也是很正常的。他长着一张长脸，有一种类似马的英俊，深褐色的眼睛看上去温和而善解人意。我嫉妒他那一头漂亮的黑发，发现自己在猜想他用了什么发膏使头发看起来这么健康。他确实讲了一两个笑话，但格调都不低，没有人能提出什么意见。

"在学校里，"他说，"他们叫我死赖皮，知道为什么吗？"

"不知道。"我妻子回答。

"因为我姓斯内普呀。"

这比较深奥，我过了好一会儿才明白过来。

"你上的是什么学校，斯内普先生？"我妻子问。

"伊顿公学。"他说，我妻子立刻赞许地轻轻点了点头。我想，

1　由杜松子酒和味美思酒调配而成。

现在她会跟他大聊特聊了，于是我把注意力转向另一位，莎丽·斯内普。她是个很吸引人的姑娘，胸部丰满。如果我早十五年认识她，没准儿会让自己陷入某种麻烦。我跟她聊得十分开心，跟她讲了我所有的那些漂亮蝴蝶。我一边说，一边仔细地观察她，过了一阵子，我开始产生一种印象：她其实并不是我一开始以为的那种快乐爱笑的姑娘。她似乎十分内敛，好像在努力守护某个秘密。那双深蓝色的眼睛在房间里迅速地转来转去，从未在一件东西上稍作停留。而且她的脸上有一些细细的愁纹，不过非常浅显，也可能根本就不存在。

"我盼着我们一起玩桥牌呢。"我说，终于改变了话题。

"我们也是。"她回答，"你知道，我们几乎每天晚上都玩，我们太爱玩桥牌了。"

"你绝对是个专家，你们俩都是。你们怎么会玩得这么好的？"

"熟能生巧嘛。"她说，"没有别的。练习，练习，再练习。"

"你们参加过锦标赛吗？"

"还没有，但亨利很希望我们去参加。你知道要达到那个标准是很难的。要特别努力才行。"她的声音里是不是有一丝无奈的顺从呢？我暗想。是的，很有可能。他给她施加了太多的压力，他强迫她太把这当回事了，可怜的姑娘对这一切早已厌倦。

八点钟，我们没有换衣服，直接移步去吃晚餐。晚餐进行得很顺利，亨利·斯内普跟我们讲了几个非常逗趣的故事。他还十分内行地夸赞了我的一九三四年李奇堡干红，使我大感快慰。到了喝咖啡的时候，我发现我已经非常喜欢这两位年轻人了，因此我对装麦克风的事开始感到不安。如果他们是面目可憎的人，那倒没什么可说的，但对这样两个可爱的年轻人耍这样的诡计，我内心充满了强烈的愧疚感。请不要误解我，我不是临阵退缩。似乎也没有必要停止这件事。但我不愿意公然憧憬即将到来的乐趣，我妻子现在似乎就在这么做，她偷偷地发笑和眨眼，趁人不注意时轻轻点头。

九点半的时候，我们酒足饭饱，回到大客厅，开始打桥牌。赌注比较可观——一百分，十先令[1]——因此我们决定不拆散家庭，我跟我的妻子搭档。四个人玩得都很认真，打牌就应该这样，我们专心致志，沉默不语，只在叫牌时才说话。我们打牌不是为了赢钱。上帝知道，我妻子有的是钱，斯内普夫妇显然也很阔绰。可是在专业范围内，打牌时有合理的赌注几乎是一种传统惯例。

那天晚上，两家打得不相上下，但有一局我妻子出错了牌，我们输得很惨。我可以看出她并没有完全集中思想，临近午夜时，她开始变得根本不在乎了。她不住地抬起那双灰色的大眼睛看我一下，眉毛扬起，鼻孔奇怪地张着，嘴角露出一丝暗自得意的微笑。

我们的对手打得一手好牌。他们叫牌很老练，整个晚上只有过一次失误。姑娘错误地高估了搭档手里的牌，叫了个黑桃六。我加倍，结果他们的牌很差，不堪一击，这一局他们输掉了八百分。这只是一时糊涂，但我记得莎丽·斯内普一直不能释怀，虽然她丈夫立刻就原谅了她，还隔着桌子吻她的手，叫她不必多虑。

十二点半的时候，我妻子宣称她想上床睡觉了。

"再玩一会儿吧？"亨利·斯内普说。

"不了，斯内普先生。我今晚累了。阿瑟也累了，我看得出来。我们都睡觉吧。"

她领着我们走出房间，四个人一起走上楼去。上楼时，大家惯

1　英国的旧辅币单位，1 英镑 =20 先令。

常聊了聊早饭想吃什么，怎么召唤家里的女佣。"我想你们会喜欢你们的房间的。"我妻子说，"窗外能看到整个山谷，阳光在上午十点钟左右照进房间。"

此刻我们在过道里，站在我们自己卧室的门外，我能看见今天下午我埋下的电线，它沿着踢脚板上方一直通向他们的房间。虽然电线的颜色跟墙面涂料差不多，但在我看来还是很显眼。"睡个好觉。"我妻子说，"睡个好觉，斯内普夫人。晚安，斯内普先生。"我跟着她走进我们的卧室，关上了门。

"快！"她喊道，"把它打开！"我妻子一向如此，生怕自己会错过什么。大家都知道，她每次去打猎时——我自己从来不去——总是立刻就追着猎狗过去，也不管她自己和她的马会有什么危险，生怕错过一只猎物。看得出来，她这次也不打算错过。

小收音机一拧开，正好就捕捉到了他们房门打开和关上的声音。

"有了！"我妻子说，"他们进去了。"她站在房间中央，穿着蓝裙子，双手紧紧交握在身前，脑袋往前探着，听得很专注，那张大白脸看上去凝神屏息，像个酒囊似的紧绷绷的。

收音机里几乎立刻就传出了亨利·斯内普的声音，清晰而有力。"你真是个该死的小笨蛋。"只听他说道，声音跟我记忆中的截然不同，那么粗暴、阴沉，把我吓了一跳。"这倒霉的夜晚整个都毁了！八百分——让我们俩损失了八英镑！"

"我搞糊涂了。"姑娘回答，"下次不会这样了，我保证。"

"怎么回事！"我妻子说，"这是在搞什么？"此刻她的嘴张得老大，眉毛扬得很高，她快步走到收音机前，探着身子，把耳朵贴在喇叭上。必须承认，我自己也十分兴奋。

"我保证，我保证再也不会了。"姑娘说。

"我们不能心存侥幸。"男人严苛地回答道,"现在就再练习一遍。"

"哦,不,求求你!我受不了!"

"听着,"男人说,"我们大老远地过来,想从这个老富婆手里捞钱,结果你偏偏给搞砸了。"

我妻子转身跳开。

"已经是这星期的第二次了。"他继续说。

"我保证不会再犯了。"

"坐下。我大声叫牌,你回答。"

"哦,亨利,求求你!一共五百个呢。要花整整三小时。"

"那好吧。手指位置我们就不练了。那些你好像比较有把握。我们就练习最基本的花样老千吧。"

"哦,亨利,非得这样吗?我太累了。"

"你必须把它们弄得万无一失。"他说,"我们下个星期每天都有牌局,你知道的。我们得有钱吃饭。"

"怎么回事?"我妻子小声说,"这是在搞什么?"

"嘘!"我说,"听着!"

"好吧。"只听男人的声音说,"现在我们从头开始。准备好了吗?"

"哦,亨利,求求你!"听声音她快要哭了。

"快,莎丽。打起精神来。"

然后,亨利·斯内普完全换了一副嗓音,用我们在客厅里听惯了的声音说:"一张梅花。"我注意到他说"一张"时语气带有奇怪的抑扬顿挫,"一"字拖得很长。

"梅花 A 和 Q。"姑娘疲惫地回答,"黑桃 K 和 J。没有红心。

方片 A 和 J。”

“每种花色有几张牌？注意看我的手指位置。”

“你说过我们可以不练那些。”

“好吧——你真的有把握都知道了？”

“是的，我都知道了。”

停顿了一下，然后“一个梅花”。

“梅花 K 和 J。”姑娘背诵一般说道，“黑桃 A。红心 Q 和 J，还有方片 A 和 Q。”

又停顿了一下，然后“我说一张梅花”。

“梅花 A 和 K……”

“我的天呐！”我喊道，“是叫牌暗码！暗示手里的每一张牌！”

“阿瑟，这不可能！”

“这就像有人走进观众席，从你手里借点儿东西，舞台上有个蒙着眼睛的姑娘，她从那人提问的语音语调就能准确地说出那东西是什么——哪怕是一张火车票，甚至还能说出从哪一站出发。”

“不可思议！”

“也没什么。不过需要千辛万苦才能学会。听他们怎么说。”

“我说一张红心。”那男人的声音说。

“红心 K、Q 和 10。黑桃 A 和 J。没有方片。梅花 Q 和 J……”

“你明白了吧，”我说，“那男人通过手指的位置，告诉女人他手里每种花色的牌数。”

“怎么做到的？”

“我不知道。你刚才听见他说了。”

“我的上帝，阿瑟！你真相信他们是在干这个吗？”

“恐怕是的。”我注视着她快步走到床边去拿一支烟。她背对我把烟点着，然后猛地转过身，朝着天花板喷出一股细细的烟。我知道我们必须对这件事采取一些措施，但我拿不准该怎么办，如果指责他们，肯定就会暴露我们的消息来源。我等待着我妻子的决定。

"哎呀，阿瑟。"她一边吞云吐雾，一边慢悠悠地说，"哎呀，真是一个绝妙的好主意。你认为我们能学会吗？"

"什么！"

"当然。还用说吗？"

"在这儿！不行！等一等，帕梅拉……"可是她从房间那头三步两步走过来，近距离地站在我面前，她低下头看着我——又是那种似笑非笑的表情，嘴角隐隐含笑，鼻子微微皱起，那双睁得溜圆的灰色大眼睛紧盯着我，中间的瞳仁又黑又亮，接着眼珠都成了灰色，花白色的眼白上布满几百条细细的红血丝——每次她像这样看着我，这样近距离、下死劲地看着我时，我向你发誓，我都会感觉自己快要淹死了。

"是的。"她说，"不行吗？"

"可是，帕梅拉……仁慈的上帝……不……毕竟……"

"阿瑟，我真希望你不要老是跟我争吵。这正是我们要做的事情。好了，去拿一副扑克牌来，我们现在就开始。"

初刊于《纽约客》1952.6.21

米登霍尔的宝藏

早晨七点钟左右，戈登·布彻从床上起来，打开了灯。他光着脚走到窗口，拉开窗帘，往外看去。

这是一月份，天依然黑着，但他能看出昨夜没有下雪。

"这风声。"他大声对妻子说，"你听听这风声。"

他妻子也下了床，挨着他站在窗边，两人默默地听着寒风呼呼刮过沼泽地的声音。

"是东北风。"他说。

"天黑前肯定会下雪。"妻子对他说，"而且是一场大雪。"

她在他之前穿好衣服，走进隔壁房间，在六岁女儿的小床边俯身给了她一个吻。然后朝睡在第三个房间的另外两个大孩子喊了声早安，就下楼做早饭去了。

八点差一刻，戈登·布彻穿上大衣，戴上帽子和皮手套，走出后门，来到冬日清晨的刺骨寒风里。他在朦胧的天光中走过院子，来到他放自行车的工具棚，风像刀子一样割着他的面颊。他让车轮转起来，然后翻身坐上去，迎着狂风，在小路中间骑了起来。

戈登·布彻三十八岁。他不是个普通的农场雇工，他不听任何人使唤，除非他本人愿意。他自己有一台拖拉机，用它替别人耕地，并根据合同替别人收割庄稼。他一心只关注他的妻子、儿子和两个女儿。他的财富是他的那座小砖房、两头奶牛、拖拉机和他的耕田手艺。

戈登·布彻的脑袋形状很奇怪，后脑勺往外突出，像一颗大鸡蛋的尖头，耳朵支棱着，左边的大门牙缺失。但当你在露天的地方跟他碰个对脸时，这一切都无关紧要了。他会用那双坚定的蓝眼睛看着你，眼神里没有丝毫的恶意、狡黠和贪婪。他的唇边也没有那种刻薄的细纹，那些在田里出苦力、奋战酷暑严寒的男人嘴角经常会有那种细纹。

他唯一的怪癖，是独处的时候喜欢大声自言自语。如果你问他，他也会欣然承认这一点。他说，他做的那种工作使他每天十小时、每星期六天都独自一人，所以养成了这个习惯。"偶尔听见我自己的说话声，"他说，"就不那么冷清了。"

他顶着刺骨的寒风，在小路上拼命蹬车。

"好啊，"他说，"好啊，你为什么不刮得更狠一点儿？你就只有这点儿本事吗？我的天呐，今天早晨我都感觉不到你的存在！"风在他周围呼呼地叫，拍打他的大衣，钻进厚羊毛的洞眼，钻进里面的夹克衫，钻进他的衬衫和马甲，用冰冷的指尖触碰他赤裸的肌肤。

"哎呀，"他说，"你今天怎么是温吞水呀？如果你想让我冷得发抖，你得拿出点儿更厉害的招数来。"

此刻，黑暗渐渐稀释为浅灰色的晨曦，戈登·布彻看见天上的云低低地压在头顶上，在跟风一起奔跑。青灰色的云，有一些黑斑点缀其间，黑压压地霸占着整个天际，随着风势而移动，掠过他的头顶，像一块巨大的灰色钢板铺展开来。他周围是荒凉而孤寂的萨福克郡沼泽地，延绵好几英里[1]，一眼望不到头。

他继续往前骑。他骑过米登霍尔小镇的郊外，朝西街村骑去，那个名叫福德的人就住在那个村里。

他前一天把拖拉机放了福德那儿，因为他的下一份活儿是帮福德翻耕绿蓟地的四英亩[2]半土地。那不是福德的地，一定要记住这点，不过这份活儿是福德请他来干的。

实际上，拥有这四英亩半土地的是一个名叫罗尔夫的农夫。

罗尔夫请福德来耕地，因为福德像戈登·布彻一样帮别人干耕地的活儿。福德和戈登·布彻的区别在于，福德的格局好歹要大一些。他是个还算成功的小型农业技师，有一座漂亮的房子，还有一个大院子，院子里有许多装满农业机械和农具的棚子。而戈登·布彻只有一台拖拉机。

可是这一次，当罗尔夫请福德翻耕他在绿蓟地的四英亩半土地时，福德手头正忙着，于是他就请戈登·布彻替他干这份活儿。

布彻骑进福德的院子时，里面一个人也没有。他停好自行车，给他的拖拉机加满煤油和汽油，让马达预热，把犁铧挂在后面，然后爬上高高的驾驶座，朝绿蓟地开去。

那片地就在不到半英里外，八点半左右，布彻把拖拉机开进大门，来到地里。绿蓟地一共约一百英亩，周围有一圈低矮的篱笆。它其实是一整块地，但不同的地段属于不同的主人。这些不同的地段很容易分辨，因为每块地都是按自己的方式耕种的。罗尔夫那块四英亩半的地在靠近南边的边界栅栏那儿。布彻知道它的位置，他

---

1 英美制长度单位，1 英里约等于 1.61 公里。
2 英美制面积单位，1 英亩约等于 4046.86 平方米，0.4 公顷。

绕着绿蓟地的边缘，把拖拉机一直开到了那块地上。

地里的大麦是去年秋天收割的，现在到处都散落着短短的、正在腐烂的黄色麦梗，麦梗最近刚切割过，土地做好了翻耕的准备。

"要深耕。"福德前一天对布彻说，"接下来要种甜菜，罗尔夫要在那里种甜菜。"

种大麦只需耕四英寸[1]左右，但是种甜菜必须要深耕，要耕十到十二英寸深才行。马拉的犁铧不可能耕那么深。自从有了带马达的拖拉机，农夫们才能把土地耕得够深。早在几年前，罗尔夫为了种甜菜把地深耕过一次，但当时耕地的不是布彻。毫无疑问，活儿干得有点儿糙，那个农夫耕地时没有按要求耕得那么深。如果他耕得够深的话，那么在今天即将发生的事情就会在当时发生，那完全就是另一个故事了。

戈登·布彻开始耕地。他在地里来来回回，每一趟都把犁铧往地里扎得更深一些，就这样越来越深，最后深入土壤十二英寸处，翻出了一波又一波平滑而均匀的黑土。

此刻风刮得更猛了。风从汹涌的大海上呼啸而来，掠过一马平川的诺福克原野，经过萨克斯索普、里弗厄姆、哈宁厄姆、斯沃弗姆和拉灵，越过边界来到萨福克，来到米登霍尔，来到绿蓟地。戈登·布彻笔直地坐在高高的拖拉机座位上，在属于罗尔夫的那片布满黄色大麦茬的地里来回耕作。戈登·布彻可以闻到不远处凛冽而清爽的雪的气息，可以看到低悬的天空——不再点缀着黑色，而是一片淡淡的灰白色——从头顶的上空掠过，像一块厚实的钢板铺展开来。

1　英美制长度单位，1英寸 =2.54厘米。

"嘿,"他说,提高嗓音盖过拖拉机的嗒嗒声,"你今天肯定在生什么人的气。搞得这么大惊小怪的做什么,又是刮冷风,又是吹口哨,想把人冻死。像一个女人,"他又加了一句,"像一个女人有时候在夜里的表现。"他眼睛盯着犁沟线,嘴角泛起笑意。

中午,他停住拖拉机,下了地,在口袋里摸索午饭。他摸到了,便在拖拉机的一个大轮胎的背风处席地而坐。他大口吃着面包,小口咬着奶酪。没有喝的,因为他唯一的保温杯两个星期前在拖拉机的颠簸中摔碎了,而现在是一九四二年一月,正值战争时期,到处都买不到保温杯。他在轮胎背风处的地上坐了大约十五分钟,吃着午饭。然后他站起身,检查他的螺栓。

布彻跟许多农夫不一样,他总是用一个木螺栓把犁铧挂在拖拉机上。这样,如果犁铧碰到树根或一块大石头,螺栓就会立刻断掉,把犁铧甩在后面,使犁头不受严重损坏。在整个黑乎乎的沼泽地里,地表下面埋着许多千年古橡树的大树桩,木螺栓一星期能多次挽救一个犁头。虽然绿蓟地是一片精耕细种的土地,而且是耕地,不是沼泽地,但布彻不敢拿他的犁铧去冒险。

他检查了一下木螺栓,发现完好无损,便又爬上拖拉机,继续耕地。

拖拉机在地里来来回回耕作,身后留下一片整洁的、波浪般的黑土。风越刮越冷,但仍然没有下雪。

三点钟左右,那件事发生了。

随着一下轻微的震动,木螺栓断了,拖拉机把犁铧甩在了后面。布彻停住拖拉机,下来走回犁铧那儿,看它碰到了什么东西。在这片耕地上发生这种事让人感到意外。这里的土壤下面应该没有古橡树根了。

他跪在犁铧边，开始把犁头周围的土壤扒开。犁头下面的尖有十二英寸深。需要扒出一大堆的土壤。他把戴手套的手指插进土里，用双手把土捧出来。深度有六英寸了……八英寸了……十英寸了……十二英寸了。他的手指顺着犁头的刃摸过去，一直摸到前面的尖头。土壤十分松脆，不住地落回他正在挖的坑里。因此他看不清位于十二英寸深处的犁尖，只能用手去摸。此刻他摸出犁尖确实卡在了某个硬东西上。他又扒出一些土，把坑刨大一些。必须看清楚它碰到的是个什么障碍物。如果很小，那他也许能用手把它挖出来，继续干活。如果是个树桩，他就只能回福德那儿去拿一把铁锹过来。

"快，"他大声说，"我这就把你弄出来，你这个隐身的魔鬼，你这个讨厌的老混蛋。"突然，随着戴手套的手指撮起最后一把黑土，他看见了一个扁平物的圆边从泥土里伸出来，好像是一个厚厚的大盘子的边缘。他用手指搓了搓圆边，又搓了搓。猛然间，圆边发出一种绿莹莹的光，戈登·布彻把脑袋凑下去，越凑越近，盯着他用手挖出的那个土坑里。他最后一次用手指搓了搓边缘，亮光一闪，他清楚地看见了被掩埋的古金属的青绿色外壳，绝对没错，他的心顿时忘记了跳动。

这里应该解释一下，在萨福克这片地区，特别是米登霍尔这个地方，农夫们多年来经常从土壤里挖出古董。很久以前的燧石箭头在这里被大量发现，比这更有趣的是，他们还发现了罗马时期的陶瓷和器具。据说罗马人占领英国时对这片区域情有独钟，因此，当地的农夫都知道他们白天干活时可能会发现某件有趣的东西。米登霍尔的人脑子里一直有一根弦，知道他们当地的土壤里可能埋着宝藏。

戈登·布彻看到那个大盘子的边缘时，他的反应倒是有些奇怪。他立刻往后一退。然后他站起来，转身背对着他看到的东西。他只停下来关掉拖拉机的马达，便立刻朝小路的方向快步走去。

他不知道究竟是什么冲动使他停止挖掘，转身走开。他会告诉你，关于那最初的几秒钟，他唯一记得的是那一小片青绿色朝他释放出危险的气息。他用手指触碰它的那一刻，好像有一股电流掠过他的全身，他突然产生了一种强烈的预感：这是一件可能摧毁许多人的安宁和幸福的东西。

起初，他一心只想赶紧离开，远远地躲开它，永远不跟它发生关系。可是走出大约几百码[1]之后，他开始放慢速度，在绿蓟地的围栏门口停住了脚步。

"见鬼，你这是怎么了，戈登·布彻先生？"他对着呼啸的狂风大声说，"你是害怕了还是怎么着？不，我没害怕。但我实话跟你说吧，我不想独自处理这件事。"

于是，他就想到了福德。

他想到福德，首先是因为自己在给福德干活；其次是因为他知道福德喜欢收集老物件，特别是人们常从这片区域挖出古代石头和箭头时，他们会把这些东西拿给福德，福德把它们放在他家会客厅的壁炉架上。有人认为福德在出售这些东西，但谁都不知道也不关心他是怎么做的。

戈登·布彻转过身，朝福德家的方向走去，他快步走出绿蓟地大门，走上那条窄窄的小路，顺着小路往左拐一个急弯，就到了福德家。他发现福德在他的大工具房里埋头修补一个损坏的耙子。布彻站在门口，喊道："福德先生！"

1　英美制长度单位，1 码 =0.9144 米。

福德扭过头，并没有直起身子。

"哟，戈登，"他说，"怎么啦？"

福德人到中年，也许还要更老一点儿，秃头、长鼻子，脸上有一种狐狸般的精明相。他的嘴唇薄薄的，透着尖刻，当他看着你时，当你看见他紧绷的嘴和尖刻的薄嘴唇时，你就知道这是一张从来不笑的嘴。他的下巴往里缩，鼻子又长又尖，整个人的样子活像一只从树林里钻出来的狡猾的老狐狸。

"怎么啦？"他说，从耙子上抬起目光。

戈登·布彻站在门边，面颊冻得发青，有点儿上气不接下气，他慢慢地搓着两只手。

"拖拉机把犁铧甩下了。"他轻声说，"地底下有金属，我看见了。"

福德的脑袋猛地动了一下。"什么样的金属？"他犀利地问。

"扁扁的，很扁，像是一种大盘子。"

"你没有把它挖出来？"福德这时直起身，眼睛里闪烁着一种鹰的光芒。

布彻说："没有，我没动它，直接上这儿来了。"

福德迅速走到墙角，从钉子上拿下他的大衣。他找到帽子和手套，又找来一把铁锹，然后朝门口走去。他注意到布彻的态度有几分奇怪。

"你确定是金属？"

"结了一层土。"布彻说，"但肯定是金属。"

"有多深？"

"十二英寸。至少它顶部有十二英寸深。下面还要更深。"

"你怎么知道是一个盘子？"

"我不清楚。"布彻说，"我只看见了一点儿边。但我觉得像一个盘子，一个特别大的盘子。"

福德的狐狸脸兴奋得发白。"快走。"他说，"我们去看看。"

两个男人走出工具房，来到势头愈发凶猛的凛冽寒风中。福德打了个寒噤。

"这该死的倒霉天气。"他说，"这该死的冻死人的倒霉天气。"他把尖尖的狐狸脸深埋在大衣的领子里，开始思索布彻这一发现的各种可能性。

有一件事福德知道但布彻不知道。福德知道，早在一九三二年，剑桥大学有一位研究盎格鲁－撒逊文物的讲师，名叫莱斯布里奇，一直在这片区域挖掘，竟然真的就在绿蓟地挖出了一座罗马别墅的地基。福德没有忘记这件事，他不由得加快了脚步。布彻一言不发地走在他身边，很快，绿蓟地就到了。他们穿过围栏的门，在田里走向犁铧，犁铧就躺在拖拉机后面十码远的地方。

福德跪在犁铧前的一侧，往戈登·布彻刚才用手刨开的那个土坑里看。他用一根戴着手套的手指摸了摸青绿色金属的边缘。他又蹭掉一些土，往前探了探身，他的尖鼻子已经埋进了坑里，他用手指抚摸那粗糙的绿色表面。然后他站起身，说道："我们把犁铧搬开，再往下挖一挖。"福德脑海里像炸响了鞭炮般，浑身兴奋得直打哆嗦，但是他的声音非常平静、轻松。

两人一起把犁铧往后拖了两码。

"把铁锹给我。"福德说，然后他开始挖土，在那块露出的金属周围小心翼翼地刨出一个直径约三英尺的圆坑。当这个坑刨到两英尺深时，他扔掉铁锹，开始用手。他跪下去，把泥土捧到一边，渐渐地，那一小块金属越来越大，越来越大，最后他们面前出现了一只巨大的圆盘，直径足有二十四英寸。犁铧下面的尖碰到了盘子中间那个小圈的边，因为可以看到有个缺口。

福德小心地把盘子从坑里拿出来。他站起身，擦去盘子上的泥土，把它拿在手里翻过来倒过去地打量。看不出什么名堂来，整个盘子表面都结了一层厚厚的青绿色的坚硬物质。但是福德知道，这是一只重量和厚度都十分可观的巨型盘子或碟子，重约十八磅[1]！

福德站在布满黄色大麦茬的地里，盯着这个大盘子。他的双手开始颤抖。一种排山倒海、几乎让人无法承受的激动开始在他内心翻滚，使他很难掩饰。但他尽量不动声色。

"是一种碟子。"他说。

布彻跪在坑边的地上。"肯定很有年头了。"他说。

"可能是老物件。"福德说，"但是全都生锈了，被腐蚀了。"

"我看不像是生锈。"布彻说，"那绿绿的东西不是锈。是别的……"

"就是绿锈。"福德的口气不由分说，这场讨论便到此为止了。

布彻仍然跪着，用戴着手套的双手在那个三英尺宽的坑里随意地摸索。"下面还有一个东西。"他说。

福德立刻把那个大碟子放在地上。他跪在布彻身边，几分钟后，他们挖出了第二个结着绿锈的大盘子。它比第一个盘子略小一点，但是更深。不像是碟子，更像是一个碗。

福德站起身，用双于捧着这件新发现的宝物。现在他已经能够确定他们的这个大发现绝对惊天动地。他们发现了罗马宝藏，而且几乎毫无疑问是纯银的。有两点可以证明是纯银。第一是重量，第

---

1 英美制质量单位，一磅约等于 0.45 千克。

二是氧化导致的独特的绿色锈斑。

在世界上发现一件罗马银器的概率有多大？

几乎绝无仅有。而且，以前曾经发掘过这么大的银器吗？

福德没有把握，他怀疑从来没有过。

肯定价值好几百万。

真的价值好几百万英镑。

他的呼吸变得急促，在寒冷刺骨的空气中形成两团小小的白雾。

"下面还有呢，福德先生。"只听布彻说道，"我摸到这地方到处都是东西。你需要再用铁锹挖一下。"

他们刨出来的第三件东西又是一个大盘子，跟第一个差不多。福德把它跟另外两件一起放在麦茬地里。

布彻感觉到了落在他面颊上的第一片雪花，他抬起头，看见东北方向有一幅巨大的白布掠过天空，一堵厚厚的雪墙乘着狂风的翅膀突突地往前飞。

"雪来了！"他说，福德扭头看了看，发现雪正朝他们袭来，便说，"是暴风雪。是该死的臭暴风雪！"

两个男人盯着暴风雪冲过沼泽地朝他们袭来。接着便落到了他们身上。周围满眼都是雪，雪花落进眼睛里、耳朵里、嘴里和脖子里，简直无孔不入。几秒钟后，布彻低头看了一眼地面，发现已经全白了。

"没什么大不了的。"福德说，"一场该死的、操蛋的暴风雪而已。"他哆嗦着，把尖尖的狐狸脸往大衣的领口里藏得更深一些。"快，"他说，"看看还有没有别的。"

布彻又跪下去，在土壤里摸索，然后，他带着在一桶锯木屑里摸到头彩的那种缓慢而漫不经心的姿态，又抽出一个盘子，递过来给福德。福德接过盘子，把它跟另外三件东西放在一起。然后福德跪在布彻身边，也在土壤里挖了起来。

整整一个小时，两个男人就在那个三英尺宽的小土坑里又挖又刨。在那一个小时里，他们发现了足足三十四件东西！把它们都摆放在身边的地上。有盘子、碗、高脚酒杯、茶匙、长柄勺和另外几个物件，全都结了硬壳，但每件东西都能分辨出是什么。这个时候，暴风雪一直在他们周围肆虐，他们的帽子和肩膀上积了小小的雪堆，雪花在他们脸上融化，一道道冰水顺着他们的脖子往下淌。福德的长鼻子尖上老是悬着一滴半凝固的大水珠，像一个雪滴。

他们默默地干活。天太冷了，没法说话。一件件珍贵的宝物被挖掘出来，福德小心翼翼地把它们在地上摆成几排，时不时地停下来拂去一个碟子或茶匙上的雪，因为眼看它们就要被大雪彻底掩埋了。

最后福德说道："我想就这么多了。"

"是的。"

福德站起身，在地上跺了跺脚。"拖拉机里有麻袋吗？"他说。当布彻走过去拿麻袋时，他转过头，盯着脚下雪地上的那三十四件宝物。他把它们又数了一遍。如果它们是银子的——肯定是银子的，如果它们是罗马时期的——毫无疑问是罗马时期的，那么，这是一个足以震惊世界的发现。

布彻在拖拉机里喊他："只有一条脏的旧麻袋。"

"可以。"

布彻把麻袋拿过来，撑开口子，让福德小心翼翼地把那些东西放进去。最后只剩下一个。那个两英尺的巨型盘子实在太大了，塞不进麻袋口。

此刻两个男人真是冻坏了。他们在呼啸的暴风雪中，在开阔的旷野里跪了一个多小时，刨土挖掘。雪已经落了差不多有六英寸深。布彻快要冻僵了，他的面颊呈死灰色，有一块块青斑，脚像木头一样没有知觉，他移动双腿时根本感觉不到脚下的大地。他比福德冷得多。他的大衣和其他衣服都没有那么厚，而且，他从清晨起就一直坐在高高的拖拉机座位上，暴露在凛冽的寒风中。他灰白色的脸紧绷着，一动不动。他只盼着赶紧回家，回到家人身边，回到他知道肯定在熊熊燃烧的炉火旁边。

另一方面，福德却将寒冷置之度外。他的思想只集中于一件事—— 怎样把这神奇的宝藏占为己有。他知道得很清楚，他的处境并不有利。

关于发现任何金银财宝，在英国有一条非常奇怪的法律。这条法律可以追溯到几百年前，但到今天仍被严格执行。法律规定，如果一个人在地里，即使是在自己家的花园里，挖出一件或金或银的金属，它自动成为所谓的无主财宝，归王室所有。如今，王室并不真的指国王或王后，它指的是国家或政府。法律还规定，隐藏所发现的此类东西是一种刑事犯罪。发现者绝不允许把东西藏起来据为己有，必须立即汇报，最好是向警察汇报。如果真的做到了及时汇报，作为发现者便有权从政府那儿获得一笔钱，是这件东西的市场价值的全额。如果挖出的是其他金属则无须汇报。你不管找到多少贵重的锡镴、青铜、紫铜，甚至白金，都可以自己留着，唯独金子或银子不行。

这条奇怪的法律的另一个奇怪的部分是：获得政府奖励的是那个首先发现财宝的人。土地的主人什么也拿不到—— 当然啦，除非那个发现者当时是擅自闯入别人的土地。但是，如果财宝的发现者是被地主雇来在地里干活的，那么所有的奖励都归发现者。

这样一来，发现者就是戈登·布彻，而且他不是擅自闯入，他是被雇来这里干活的。因此这笔财富属于布彻，其他人都没份。布彻只需要把它们拿去给一个专家看，专家会立刻鉴定是银器，然后把它们交给警察。最终，他会从政府那里获得这笔财富价值的百分之百——也许有一百万英镑。

所有这些都跟福德没有半点儿关系，福德对此心知肚明。根据法律，他对这笔财富没有任何权利。因此，就像他当时肯定地告诉自己的那样，他霸占这批东西的唯一机会就在布彻是个无知的人，他不知道那条法律，对这批宝藏的价值也没有丝毫的概念。很可能过几天布彻就完全忘记了这件事。他是个头脑特别简单的人，太朴实，太容易相信别人，没有私心，不可能想得很多。

此刻，站在这片荒凉的、暴雪肆虐的田野里，福德弯下腰，用一只手抓住那个巨大的盘子。他托着盘子，但并没有把它拿起来，盘子的底边还搁在雪地上。他用另一只手抓住麻袋的顶部，他也没有把麻袋拎起，只是用手抓住。他就这样弯腰站在纷纷飞舞的雪花中，双手握住宝藏，但并没有真正拿起。这是一个微妙而精明的姿态，似乎是在所有权被讨论之前就宣告了所有权。小孩子会玩这种招数：他们用手指握住盘子里最大的那块巧克力松饼，然后说，"妈妈，我可以吃这一块吗？"他已经拿到了。

"我说，戈登。"福德说着弯下腰，用戴手套的手指抓起麻袋和那个大盘子，"我想你不会要这些旧东西吧。"

这不是一个问句。这是一个伪装成问句的陈述句。

暴风雪还在呼啸。雪下得太大了，两个男人几乎看不见彼此。

"你最好赶紧回家，让自己暖和暖和。"福德继续说，"你看上去快要冻死了。"

"我真感觉快要冻死了。"布彻说。

"那你就赶紧坐上拖拉机，快点儿回家吧。"体贴的、好心肠的福德说，"把犁铧留在这儿，你的自行车就先放在我家。最要紧的是赶快回家，让自己暖和起来，免得患上肺炎。"

"好吧，那我就回去了，福德先生。"布彻说，"那个麻袋你拎得动吗？分量可不轻呢。"

"我今天就不费这个劲了。"福德漫不经心地说，"我可能就把它扔在这儿，改天再回来拿。生了锈的旧玩意儿。"

"那就再见了，福德先生。"

"再见，戈登。"

戈登·布彻爬上拖拉机，在暴风雪中开着走了。

福德把麻袋扛上肩头，然后，颇为费力地用另一只手拿起那个大盘子，夹在了胳膊底下。

"我拿着的，"他深一脚浅一脚地在雪地里走，对自己说道，"我现在拿着的，可能是整个英国历史上挖出的最大一批宝藏。"

那天傍晚，戈登·布彻跺着脚、喘着粗气，走进他那座小砖房的后门，妻子正在火边熨衣服。她抬起头，看见了丈夫青白色的脸和落满雪的衣服。

"我的天呐，戈登，你看上去像要冻死了！"她喊道。

"一点儿也不错。"他说，"亲爱的，快帮我把这些衣服脱掉。我的手指根本不听使唤了。"

妻子给他脱掉手套、大衣、夹克衫和潮湿的衬衫，又给他脱掉靴子和袜子。她拿来一条毛巾，拼命地擦拭他的胸口和肩膀，恢复他的血液循环。她还擦了擦他的脚。

"在火边坐下来吧，"她说，"我去给你沏一杯热茶。"

后来，当他换上暖和的干衣服，手里捧着一大杯热茶，舒舒服服地安顿下来后，就把下午发生的事告诉了她。

"他是个老狐狸，那个福德先生。"她熨着衣服，头也不抬地说，"我从来都不喜欢他。"

"告诉你吧，他对这件事可兴奋了。"戈登·布彻说，"上蹿下跳的，活像一只大野兔。"

"那有可能。"她说，"不过，你应该机灵着点儿，不应该听福德先生的话，在那么冷的暴风雪里跪在地上瞎忙活。"

"我没事儿，"戈登·布彻说，"我已经完全暖和过来了。"

然后，信不信由你，布彻家好几年都没有再谈起这批宝藏的话题。

应该提醒一下读者，这是战争时期的一九四二年。英国完全陷入对希特勒和墨索里尼的绝望的战争里。德国在轰炸英国，英国在轰炸德国，差不多每天夜里，戈登·布彻都听见附近米登霍尔大飞机场传来马达的轰鸣声，那是轰炸机飞往汉堡、柏林、基尔、威廉港和法兰克福的声音。有时候他凌晨醒来，听见它们返回了，有时候德国人飞过来轰炸飞机场，炸弹就在不远处轰隆隆地爆炸，震得布彻家的房子都在颤动。

布彻自己免服兵役。他是个农夫，是个熟练的庄稼汉，他一九三九年报名参军时，他们说不需要他，岛上的食物供应必须保证。他们对他说，像他这样的人必须继续干好老本行，耕田种地。

福德也是个庄稼汉，也免服兵役。他还是个单身汉，一个人过日子，因此能躲在家里过一种隐秘的生活，做一些隐秘的事情。

话说，在那个暴雪肆虐的可怕的下午，他们挖出了宝藏，福德把东西拿回家，一样样地拿出来摆在里屋的桌上。

一共三十四件！满满当当放了一桌子。从外观看，它们形态十分完好。银子没有生锈。那绿色的氧化层甚至对下面的金属表面起到了保护作用。只要多加小心，就能把它们都清除掉。

　　福德决定使用一种名叫"银闪"的普通家用擦银膏，他从米登霍尔的五金商店里买回来一大堆。然后，他首先拿起那个重量超过十八磅的两英尺大盘子。他晚上埋头做这件事。先用"银闪"浸透，然后使劲地擦呀擦。他每天晚上耐心地对付这一个盘子，一干就超过了十六个星期。

　　终于，在一个值得纪念的夜晚，在他擦拭的地方露出了一小片闪亮的银子，银子上浮现出一个男子头颅的局部浮雕，雕刻得十分精美。

　　他不断地擦拭，逐渐地，那一小片闪亮的金属一点点儿扩大，青绿色的氧化层悄悄地往盘子边缘退去，最后，大盘子的正面在他眼前展示出它全部的光彩，一幅奇妙的图画占据了整个盘子，有动物、人和许多其他千奇百怪的事物。

　　福德被大盘子的美惊呆了。它是那么充满生机和动感，盘子上有一张凶狠的脸，头发纠结蓬乱，还有一只长着人脸的蹦跳的山羊，盘子边缘有许多形形色色的男人、女人和动物，他们无疑都有各自的故事。

　　接着，他开始擦拭盘子的背面。这又花了好多个星期。等到终于完工时，整个盘子的两面都像星星一样闪闪发亮，他把它稳妥地放在大橡木餐具柜的下层，并锁上了餐具柜的门。

　　他一件接一件地对付剩下的三十三件宝物。现在他的心被一股狂热占据，他产生了一种激烈的冲动，要让每一件宝物都闪耀出银子的夺目光芒。他想要看到这三十四件宝物摆放在大桌子上，成为一个璀璨辉煌的银色方阵。他一门心思只想做成这件事，他为了实现这个愿望拼命地苦干。

接下来，他擦净了两个小一点儿的碟子，然后是那个大槽纹碗，然后是那五把长柄勺、高脚酒杯、红酒杯、茶匙。他擦拭每一件宝物时都一丝不苟，让它们发出同样绚丽的银光，等到全部完工时已经两年过去了，到了一九四四年。

他不让任何陌生人看。福德从不跟任何男人或女人谈论这件事，而罗尔夫，也就是发掘这批宝物的绿蓟地那片田的主人，也对此事一无所知，他只知道福德，或者福德雇来的什么人，把他的那片地耕得很深很到位。

福德为什么把宝物藏起而不把它们作为无主财产汇报给警察呢，原因可以猜到。如果汇报了，宝物就会被拿走，戈登·布彻就会作为发现者获得奖励，得到一大笔财富。因此，福德唯一能做的就是继续把宝物藏在家里，希望日后有机会把它们悄悄卖给某个文物贩子或收藏家。

当然啦，也可以用一种更宽容的态度看待这件事，认为福德留下宝物只是因为他喜爱精美的东西，想把它们留在自己身边。真正的答案是什么，没有人会知道。

又一年过去了。

抗击希特勒的战争胜利了。

到了一九四六年，就在复活节之前，有人敲响了福德家的门。福德过去开门。

"你好啊，福德。多年不见，别来无恙？"

"你好，法西特博士。"福德说，"你这一向还好吧？"

"托你的福，还好。"法西特博士说，"真是很长时间没见了，是不是？"

"是啊。"福德说，"那场破战争把大家搞得都很忙。"

"我可以进来吗？"法西特博士问。

"当然。"福德说，"快请进吧。"

休·奥德森·法西特博士是一位敏锐而博学的考古学家，战争前习惯于每年拜访福德一次，寻觅一些旧石头和旧箭头。福德一般会在十二个月里收集一批这样的东西，他总是很愿意把它们卖给法西特。一般值不了多少钱，但偶尔也会冒出一件稀罕货。

"哎呀。"法西特说着，在小门厅里脱掉大衣，"哎呀，哎呀，哎呀。我上次来这儿差不多是七年以前了。"

"是啊，很长时间了。"福德说。

福德把他领进起居室，给他看了一箱他在这片地区收集到的燧石箭头。有些不错，有些就不怎么样了。法西特在里面挑选了一些，归了归类，两人做成了交易。

"没别的了？"

"应该是没有了。"

福德内心强烈地希望法西特博士没来过，甚至更强烈地希望他赶紧离开。

因为就在这时，福德注意到两件让他直冒冷汗的东西。他突然看见，他把那批宝藏里最精美的两把罗马茶匙留在了壁炉架上。这两把茶匙令他着迷，因为每一把上都刻着一个罗马小女孩的名字，可以推测，茶匙是作为受洗礼物，由她们皈依了基督教的罗马父母送给她们的。一个名字是帕桑夏，另一个是帕佩蒂多。多么好听的名字。

福德吓得浑身冒汗，想用身体挡在法西特博士和壁炉之间。他想，如果逮到机会，他甚至可以把茶匙悄悄塞进自己的口袋。

他没有逮到机会。

也许是福德把它们擦得太亮了，银子上突然闪过一道反光，吸引了博士的视线。谁知道呢？反正法西特看见了它们。而他一看见它们，就像饿虎扑食似的冲了过去。

"我的老天啊！"他喊道，"这些是什么？"

"锡镴。"福德说，汗出得更凶了，"只是两把旧的锡镴茶匙。"

"锡镴？"法西特喊道，用手指捏着一把茶匙转来转去，"锡镴！你管这叫锡镴？"

"没错。"福德说，"就是锡镴。"

"你知道这是什么吗？"法西特说，激动得拔高了嗓音，"要我告诉你这其实是什么吗？"

"你不用告诉我。"福德恼羞成怒地说，"我知道这是什么。是旧锡镴。而且很漂亮。"

法西特辨读着茶匙上的罗马字母。"帕佩蒂多！"他喊道。

"什么意思？"福德问他。

法西特拿起另一把茶匙。"帕桑夏。"他说，"真美啊！这些是罗马小孩子的名字！这两把茶匙，我的朋友，是纯银打造的！罗马纯银！"

"不可能。"福德说。

"太惊艳了！"法西特大喊大叫，欣喜若狂，"太完美了！简直令人难以置信！你到底是从哪儿找到它们的？我必须弄清你是在哪儿找到的！还有别的吗？"法西特在房间里跳着脚转圈。

"这个……"福德欲言又止，咬着干干的嘴唇。

"你必须立刻去汇报！"法西特喊道，"它们是无主财宝！大英博物馆肯定愿意收藏它们，这是肯定的！它们在你手里多久了？"

"没多久。"福德对他说。

"是谁发现的？"法西特问，眼睛直盯着他，"是你自己发现的，还是从别人手里弄来的？这很关键！发现者能把具体情况都告诉我们！"

福德感到房间的四壁都朝他压过来，他不知道怎么办才好。

"快说，朋友！你肯定知道是从哪儿弄来的！你把它们交出去时，每个细节都得说清楚。答应我，你会立刻带着它们去向警察汇报吧？"

"这个……"福德说。

"如若不然，我恐怕不得不亲自去汇报了。"法西特对他说，"我有这个责任。"

一切都完了，福德心里清楚。人们会提出一大堆问题。你在哪儿发现的？什么时候发现的？当时你在做什么？具体地点在哪儿？你当时耕的是谁的土地？然后，或早或晚，戈登·布彻的名字都会被扯进来。这是不可避免的。而当布彻接受询问时，就会想起这批宝藏的规模并如实相告。

然后就彻底完蛋了。此时此刻，唯一能做的就是打开大餐具柜的门锁，把全部宝物都展示给法西特博士。

之所以留着它们没有上交，福德的借口是他以为这些都是锡镴。只要他一口咬定这个说法，他告诉自己，他们就不能拿他怎么样。

法西特博士看到那柜里的东西可能会发心脏病。

"确实还有一些。"福德说。

"在哪儿？"法西特喊道，忽地转过身来，"在哪儿，朋友，在哪儿？快领我去看！"

"我真的以为是锡镴。"福德说，他慢慢地、很不情愿地移步走向橡木餐具柜，"不然我肯定会立刻去汇报的。"

他弯下腰，打开餐具柜下层的门锁。他把门拉开。

顿时，休·奥德森·法西特博士真的差点儿犯了心脏病。他扑通跪倒在地，大口喘着气。他说不出话来，嘴里开始噗噗响，活像一只旧水壶。他伸手去拿那个大银盘子，他把它拿在手里，用颤抖的双手捧着它。他的脸变得像雪一样白，他没有说话，也无法说话。看到眼前的宝藏，他完完全全、从肉体到精神，被惊得哑口无言。

这个故事有趣的部分到此结束，剩下的就平淡无味了。福德到米登霍尔警察局做了汇报。警察立刻过来，悉数取走了三十四件宝物，把它们押送到大英博物馆去接受检查。

大英博物馆给米登霍尔警察局发来一封加急电报。这是迄今为止不列颠群岛发现的最精美的罗马时期银器，它们价值连城。大英博物馆（其实是个公共政府机构）希望得到它们。实际上，他们想得到它们的态度十分坚决。

法律的车轮开始转动。在附近一座规模较大的城镇，圣埃德蒙兹伯里，安排了一场官方调查和听证会。银器在特警的保护下被运到那里。福德被传唤出庭，面对法医和十四人的陪审团；而戈登·布彻，那个沉默寡言的老好人，也奉命出庭作证。

一九四六年七月一日，星期一，听证会召开，法医一句紧接一句地盘问福德。

"你以为是锡镴？"

"是的。"

"即使在把它们擦干净之后？"

"是的。"

"你没有采取行动，把这个发现告诉专家？"

"没有。"

"你打算怎么处置这些宝物？"

"没有打算。就是留着它们。"

说完证词之后，福德请求到外面去呼吸一点儿新鲜空气，因为他感到头晕。没有人觉得意外。

接着传唤布彻出庭，他用三言两语讲了自己在这件事情中扮演的角色。

法西特博士作了证，另外还有几位博学的考古学家也都证实这批宝藏极为罕见。他们说这些是公元四世纪的文物，是一个富庶的罗马家庭的银餐具，可能被当地的地方官埋到地下，以免落到皮克特人和苏格兰人手里，那些人于公元 365 年至 367 年从北部入侵，扫荡了许多罗马人居住地。埋藏这批宝物的那个人可能被某个皮克特人或苏格兰人除掉了，但是在那之后，宝藏却一直埋在一英尺深的土壤里，不为人知。专家们说，这批银器工艺十分精湛。有几件或许是在英国打造的，但更有可能是意大利或埃及的产物。不用说，其中最精美的一件是那个大盘子。盘子中央的那个头颅是海王涅普顿，他头发里有海豚，胡须里有海草，许多的海妖和海怪在他周围嬉戏；盘子的宽边上站着酒神巴克斯和他的侍从，他们饮酒狂欢；大力神赫拉克勒斯也在，喝得醉醺醺的，由两个森林之神萨提尔搀扶着，他的狮子皮从肩膀上垂挂下来；还有牧神潘恩，正用他的羊腿跳舞，手里拿着笛子；盘子上到处可见巴克斯的女祭司迈那得斯，她们都是酒后微醺的女人。

法庭还得知有几把茶匙上刻着基督（十字）的交织字母图案，而那两把刻着帕桑夏和帕佩蒂多名字的茶匙，毫无疑问是受洗礼物。

专家们说完了证词，法庭宣布休庭。很快陪审团就回来了，他们的判决令人惊讶。任何人都不用承担任何罪过，只是宝藏的发现者不再有资格获得王室的全额补偿，因为未能第一时间做出申报。不过，可能会有一笔可观的补偿金，基于这个考虑，法庭宣布发现者为福德和布彻两人。

不是布彻。而是福德和布彻。

除此之外，值得一说的就是宝物被大英博物馆获得，现在还骄傲地摆放在大玻璃柜里供人们观赏。已经有人千里迢迢地过去，端详戈登·布彻在那个寒风凛冽的冬日下午，在他的犁铧下面发现的那些精美宝物。有朝一日，会有一两本关于它们的书被编撰出来，满篇都是假设和深奥的结论，每个涉足考古圈的人都会乐此不疲地谈论米登霍尔的宝藏。

作为一种表示，大英博物馆奖励了两位发现者每人一千英镑。真正的发现者布彻拿到这么多钱感到喜出望外。他没有意识到，如果他当初能把宝藏拿回家的话，几乎肯定会把这件事说出去，因而也就有资格得到其价值的百分之百，那可能会是五十万到一百万英镑。

谁也不知道福德对这一切有何感想。当听到法庭相信了他的锡镴说辞时，他肯定松了口气，甚至感到有点儿意外。而更重要的是，失去了这笔巨大财富肯定使他备受打击。他下半辈子都会深深地自责，悔不该把那两把茶匙放在壁炉架上，让法西特博士看到。

初刊于《星期六晚邮报》1947.9

牧师的喜悦

　　波吉斯先生把车开得很慢，舒舒服服地靠着椅背，一条胳膊肘搭在敞开的车窗上。这片乡村景色多美啊，他想。又看到了初夏的一些蛛丝马迹，真令人感到心旷神怡，特别是樱草花还有山楂树的花。山楂树顺着篱笆绽开白色、粉色和红色的花团，樱草花在篱笆下面三五成群地怒放，非常好看。

　　他的一只手离开方向盘，给自己点了一支烟。现在最好开到布里尔山的山顶上去，他对自己说。他看到山顶就在前面半英里开外，掩映在山顶上树丛间的那一簇小房子肯定就是布里尔村。太棒了！在他的星期天业务里，海拔高度这样理想的并不多。

　　他把车开上山，停在离山顶不远处的村子外面。然后，他从车里出来，打量四周。乡村的景致像一幅巨大的绿色地毯在他面前展开，一眼能望出好几英里，真是完美。他从口袋里掏出一个小本子和铅笔，靠在汽车后面，让自己训练有素的眼睛慢慢地扫过这片风景。

　　他看见右边有一个中等规模的农舍，藏在田野的深处，公路上有一条小道通向那里；后面是一个更大的农舍；还有一座被高高的榆树包围的房屋，看上去像是安妮女王风格的建筑，另外左边远处也有两个类似的农舍，一共五处。这个方向大概就这么多了。

波吉斯先生在本子上画了一个草图，标示出每一处的位置，这样，他下去以后就很容易找到它们。然后他回到车里，开车穿过村舍，来到山的另一边。他在那里又发现六处可能的地方——五个农舍和一座乔治亚风格的白色大房子。他用双筒望远镜观察了一番乔治亚风格的大房子。它看上去整洁、殷实，花园十分规整。真可惜，他立刻把它划去了，拜访殷实的人家没有什么意义。

这样算来，在这笔业务里，在这个方块里，一共有十个可能性。十是个很可观的数字，波吉斯先生对自己说。不多不少，正适合一个下午不紧不慢地去完成。现在几点了？十二点。他真想在酒馆里喝一杯啤酒再开始干活，可是星期天酒馆都不开门。好吧，喝酒的事以后再说。他扫了一眼本子上的笔记。他决定先对付那座有榆树的、安妮女王风格的房子。从望远镜看过去，那房子好像十分破败。那里的人大概给点儿钱就能搞定。反正，他在安妮女王风格的房子里总能碰到好运气。波吉斯先生钻回车里，松开手刹，没有打开发动机，让车慢慢地往山下滑行着。

除了此刻穿着神服，把自己伪装成一名牧师外，西里尔·波吉斯先生看着不像一个阴险的人。他从事的是古董家具买卖，在切尔西的国王路有自己的店铺和展室。地盘不大，一般来说生意也不是很多，但他的货物总是买进的时候很便宜，非常非常便宜，而卖出去的时候非常非常贵，所以每年的收入还是蛮可观的。他是个很有天赋的生意人，每次他想做一笔买卖时，总能很轻松地把自己调节到最适合客户的情绪里。面对老人他会变得庄重而讨喜，面对富人他会乖巧奉承，对虔诚的人他会严肃，对软弱的人他会霸气，对寡妇他会打情骂俏，对未婚女子他会没正经、玩暧昧。他非常清楚自己的这份天赋，毫不脸红地把它用在每一个可能的场合。他经常是在一次格外精彩的演出快要结束时，必须得拼命克制自己不要转到一边，深鞠一两个躬，以答谢剧场里的观众雷鸣般的掌声。

波吉斯先生虽然有这种类似小丑般的本事，但他并不是一个傻瓜。实际上，有人说他对法国、英国和意大利家具的精通程度不亚于伦敦的任何人。而且他的品味不是一般的好，他能迅速辨别和拒绝不雅致的设计，不管那件东西有多么正宗。当然啦，他最心仪的是十八世纪伟大的英国设计师的作品，因斯、梅休、齐本德尔、罗伯特·亚当、曼纳林、依理高·琼斯、赫波怀特、肯特、约翰逊、乔治·史密斯、洛克、谢拉顿，还有其他，但即使是这些作品他偶尔也会画一条界线。比如，他不会让齐本德尔的中国风格或哥特时期的任何一件作品进入他的展室，同样还有罗伯特·亚当的几件笨重的意大利风格的设计。

在过去的几年里，波吉斯先生因为能够以惊人的频率拿出非同一般，且经常是很稀罕的古董，在业内的朋友们中间小有名气。显然，此人有着几乎永不枯竭的供货渠道，他似乎有个私人仓库，好像只需每星期开车出去一趟，自己动手取回来就行。每当人们问他东西是从哪儿弄来的，他总是意味深长地微微一笑，眨眨眼睛，喃喃地说那是一个小秘密。

波吉斯先生的那个小秘密，其实说来很简单，那是将近九年前，某个星期天下午发生的一件事使他产生的灵感，当时他正驱车行驶在乡间。

他早晨出门去拜访他那住在塞文欧克斯的老母亲，在回来的路上，汽车的风扇传送皮带断了，使得发动机过热，水被烧干。他下车走向离他最近的房屋，那是距离公路五十码的一座小型农舍，他问那个来开门的女人能否行行好给他一罐水。

他在等待女人取水的时候，碰巧透过门缝往客厅里扫了一眼，发现就在离他不到五码远的地方，有一样令他大为兴奋、头顶顿时开始冒汗的东西。那是一把很大的橡木扶手椅，同样的款式他以前只见过一次。它的背板和每个扶手都由一排八根的、漂亮的旋转木柱支撑。背板本身镶嵌着最精美的花卉图案，每个扶手的正中间雕刻着一只鸭头。"仁慈的上帝啊，"他想，"这东西是十五世纪晚期的！"

他把脑袋往门里又探进了一些。果然，天呐，壁炉的另一边还有一把配对的椅子！

他没有十足的把握，但两把这样的椅子在伦敦至少要值一千英镑。而且，哦，它们多美啊！

女人回来后，波吉斯先生向她做了自我介绍，然后开门见山地问她是否愿意出售她的椅子。

天呐，她说，她凭什么要卖掉她的椅子？

没有什么原因，除非他愿意给她一个很不错的价钱。

那么他愿意给多少呢？椅子是绝对不卖的，但是完全出于好奇，只是为了好玩儿，那么，他愿意出多少呢？

三十五英镑。

多少？

三十五英镑。

天呐，三十五英镑。好吧，好吧，真有意思。她一向认为它们很值钱。年头很久了，而且坐着很舒服。她绝不能没有它们，绝对不能。对，椅子是不卖的，不过还是非常感谢你。

它们其实并没有那么多年头，波吉斯先生对她说，而且很难卖得出去，只是他碰巧有一位客户很喜欢这一类东西。也许他可以再加两个英镑——出到三十七英镑，怎么样？

他们讨价还价了半小时，当然啦，最后波吉斯先生得到了椅子，同意付给她连椅子价值的二十分之一都不到的价钱。

那天傍晚，波吉斯先生开着他的旧旅行车返回伦敦，后座上藏着那两把美妙的椅子，他突然灵机一动，产生了一个对他来说最神奇的想法。

想想吧，他说。既然一座农舍里有好东西，别的农舍里怎么会没有？他为什么不去搜寻搜寻？他为什么不在乡间仔细搜寻一番呢？他可以在星期天做这件事。那样根本不会妨碍他的工作。反正他星期天总是不知道做什么好。

于是，波吉斯先生买来地图，是伦敦周边所有乡村的大比例图，他用一支细钢笔把每个乡村分割成一系列方块。每个方块都是方圆五英里的一块地区，如果想搜索得彻底一点儿，他估计一个星期天差不多能对付这么大的地盘。他不考虑小镇和村庄，他寻找的是相对与世隔绝的地方，大的农舍和比较破旧的乡村别墅。这样的话，如果每星期干掉一个方块，一年五十二个方块，慢慢地他就能把伦敦周围乡村的每一个农舍和每一幢别墅都排查一遍。

不过，仅有这些显然是不够的。乡下人都喜欢疑神疑鬼，那些家道中落的人也是。你不可能大大咧咧地按响他们的门铃，随随便便地问一句，就指望他们带着你在家里各处转一遍，他们不会那么做的。那样的话，你肯定刚进大门就被挡住了。那么他怎样才能"登堂入室"呢？也许最好压根儿别让他们知道他是个生意人。他可以说自己是装电话的，是修管道的，是查煤气的，甚至可以是一位牧师……

从这一点开始，整个计划便呈现出更切实可行的面貌了。波吉斯先生定制了大量很有档次的名片，上面印着这样的文字：

西里尔·威明顿·波吉斯

牧师

珍稀家具保护协会主席

维多利亚和阿尔伯特博物馆顾问

从那时起的每个星期天，他都会变成一位慈祥的老牧师，利用假日四处巡游，声称是出于对"协会"的热爱而努力工作，把藏在英国乡下人家的宝贝都登记在册。试想，听到这样一番话，谁会把他挡在门外呢？

谁也不会。

一旦进到家里，如果碰巧发现一件他真心想要的东西，那么——他有无数种不同的办法来达到目的。

让波吉斯先生感到意外的是，这个计划竟然成功了。实际上，一开始他在整个乡村一户户人家中受到的热情接待令他自己都感到汗颜。一片冷馅饼、一杯伯特酒、一杯热茶、一篮熟李子，甚至还受邀坐下来跟全家一起享用星期日晚餐……这些情况都不由分说地落到他头上。当然啦，或多或少，也会有一些尴尬时刻以及许多不愉快的插曲，但是话说回来，九年里有四百多个星期天呢，他参观过的房屋数量加起来十分可观。总之，这是一桩非常有趣、令人兴奋、获利颇多的买卖。

现在又是一个星期天，波吉斯先生在白金汉郡的乡间活动，那是他地图上最北边的方块之一，离牛津大约十英里。当他驱车下山，前往他的第一个目标，那座破败的安妮女王房屋时，他心头不由得产生一种预感，这一天会是他的幸运日。

他把车停在离大门约一百码的地方，下车步行过去。他在交易完成之前一般不愿意让人看见他的车。一位慈祥的老牧师开着一辆大旅行车，这看上去多少有点儿不相配。而且，步行这一小段路能使他有时间从外面仔细观察这户人家，从而决定这一次采取什么样的态度最为恰当。

波吉斯先生快步走上车道。他双腿短粗，肚子很大，圆脸庞红扑扑的，非常适合目前的这个角色。他的两只褐色的大眼睛从红脸庞上凸出来看着你，给你一种温和而不怎么聪明的印象。他穿着一套黑西装，脖子上有一圈牧师惯常会戴的白色硬圆领，头上是一顶柔软的黑礼帽。他手里拿着一根旧橡木拐杖，认为这能使他看上去非常愚钝而随和。

他走向前门，按响了门铃。他听见门厅里传来脚步声，接着门开了，他的面前突然出现了一个穿马裤的大块头女人，比他高出许多。即使在她的香烟味中也能闻到她身上那股马厩和马粪的刺鼻气味。

"什么事？"女人怀疑地看着他，问道，"你想要什么？"

波吉斯先生感觉她随时都会发出马嘶声，他抬了抬礼帽，微微鞠了一躬，把名片递给了她。"抱歉打扰你了。"他说，然后他等在一边，注视着她看名片时的脸色。

"我不明白。"她说，把名片还给了他，"你到底想要什么？"

波吉斯先生解释了一番珍稀家具保护协会的事。

"这不会碰巧跟社会党扯上什么关系吧？"她问，用一对浅色浓眉下的眼睛凶狠地瞪着他。

这下事情就容易了。一位穿马裤的托利党，不管是男是女，对波吉斯先生来说都是瓮中之鳖。他花了两分钟慷慨激昂地悼念了极右保守党，又花了两分钟谴责社会党人。作为关键的杀手锏，他特意提到社会党人提出的那个法案——在全国废除血腥运动。对此他向女人坦言了自己对天堂的看法——"不过你最好不要告诉主教，亲爱的"——他说：天堂是一个可以天天打猎的地方，你可以带着一大群不知疲倦的猎狗，每星期七天，星期天也不例外，从早到晚地打狐狸、打鹿、打兔子。

他一边说一边察言观色，他可以看出魔法开始起作用了。女人这时咧开嘴笑了，向波吉斯先生露出一嘴微微泛黄的硕大牙齿。"夫人，"波吉斯先生说，"我求求你了，千万别让我开始说起社会党。"此刻，女人发出一阵粗犷豪放的大笑，举起一只红兮兮的大手拍了一下他的肩膀，那力道太大了，他差点儿当场栽倒。

"进来！"她喊道，"我不知道你到底想要什么，不过进来吧！"

说来真不走运，也让他颇感意外，整个家里竟然没有一件值钱的东西，波吉斯先生从来不在贫瘠的土地上浪费时间，他很快就告辞离开了。这次拜访总共花了不到十五分钟，时间不多也不少，他在重新钻进车里驶向下一个地点时，对自己这么说道。

从现在开始目标就都是农舍了，最近的一处在公路上坡的大约半英里外。这是一座砖木结构的大房子，年头比较久远，一棵还在开花的高大繁茂的梨树，几乎把整个南墙都遮住了。

波吉斯先生敲了敲门。他等待着，没有人来开门。他又敲了敲门，还是无人应答。于是他绕到屋后，在那些牛棚间寻找农舍主，那里也没有人。他猜想他们可能还在教堂，于是他从窗户往里张望，看能否发现什么有趣的东西。餐厅里没有什么，书房里也没有什么。他换了一扇窗户试试，里面是客厅，天呐，就在他的鼻子底下，在窗户形成的小壁龛里，他看见了一件精美的宝物：一个半圆形的红木牌桌，赫波怀特式风格，外表十分华丽，大约制作于十八世纪八十年代。

"啊哈。"他大声说，把脸使劲贴在玻璃上，"干得漂亮，波吉斯。"

这还不算完。屋里还有一把椅子，一把单独的椅子，如果他没有弄错的话，它的质地比那牌桌还要精美。又是一件赫波怀特式家具，是不是？哦，真漂亮啊！椅背的格子上精致地雕刻着金银花、谷壳和圆盘花饰，藤编的椅座绝对是真品，椅腿的角度十分雅致，两条后腿带有那种独特的外展弧度，这意味着太多。真是一把精制的椅子。"在今天结束之前，"波吉斯先生轻声说，"我将很荣幸地在那可爱的椅子上落座。"他每次买了椅子都要坐一坐。这是他最喜欢的一种检测方式，他轻轻沉下身体，落入椅座，等待那种"弹性"，内行地评判着岁月所导致的榫眼和榫接头间精确而细微的抽缩，这真是非常有趣的一幕。

"不过没必要着急，"他对自己说，"待会儿再回来。"他有整个下午的时间呢。

下一座农舍位于田野的隐蔽处，波吉斯先生为了不让别人看见他的车，就把车停在路上，顺着一条直通农舍后院的小道步行了大约六百码。他靠近农舍时注意到它的规模比上一座小很多，因此心里便不抱多大希望。它看上去杂芜而肮脏，有几座棚屋显然已年久失修。

院子的一角有三个男人聚在一起，其中一个带着两条黑色大猎狗，都拴着皮带。男人们看见穿着黑西装、戴着牧师领圈的波吉斯先生朝他们走来，立刻停止交谈，他们似乎突然怔住了，变得凝固，如同木鸡似的一动不动，三张脸朝他转过来，怀疑地注视着他一步步走近。

三人中最年长的那位是个矮胖子，有一张青蛙般的阔嘴巴和一双闪烁游移的小眼睛，波吉斯先生不知道，此人名叫鲁明斯，是农舍的主人。

他身边那个高个子青年叫伯特，是鲁明斯的儿子，一只眼睛似乎有点儿毛病。

那个大扁脸的矮个子男人叫克劳德，窄窄的额头上堆着皱纹，肩膀特别宽阔。克劳德到鲁明斯家来串门，希望能从他这里搞到前一天宰杀的那头猪的一块肉或一条腿。克劳德知道鲁明斯杀了猪——那声音在田野里传得很远——他还知道，做那样的事情是需要获得政府批准的，而鲁明斯是擅自杀猪。

"下午好。"波吉斯先生说，"天气真不错啊。"

三个男人都没有动。此时此刻，他们心里想的是同一件事——这位牧师肯定不是当地人，他多半是被派来打探他们的事情，然后把他的发现向政府汇报。

"多么漂亮的狗啊。"波吉斯先生说，"实话实说，我本人从没有去看过赛狗，但听说是一项特别吸引人的运动。"

还是沉默，波吉斯先生迅速把目光从鲁明斯转向伯特，再转向克劳德，然后又落回鲁明斯身上，他注意到他们每个人脸上都带着同样奇怪的表情，介于奚落和挑衅之间，嘴角透着一丝轻蔑，鼻子周围显出讥讽。

"冒昧请问一句，你是农舍主人吗？"波吉斯先生厚着脸皮问鲁明斯。

"你想要什么？"

"很抱歉打扰你们，特别是在一个星期天。"

波吉斯先生递上名片，鲁明斯接过去，举到自己面前。另外两个人没有动，但眼睛都往旁边瞟着，想看名片。

　　"你到底想要什么？"鲁明斯问。

　　波吉斯先生在这一天第二次把珍稀家具保护协会的目标与宗旨详细解释了一遍。

　　"我们没有。"他讲完后，鲁明斯对他说，"你是在浪费时间。"

　　"别着急，等一下，先生。"波吉斯先生说着竖起一根指头，"上次对我说这句话的人，是苏塞克斯郡的一位老农夫，后来他终于让我进入家门时，你知道我发现了什么？一把看着脏兮兮的旧椅子，放在厨房的角落里，结果价值四百英镑！我告诉他怎么把椅子卖掉，后来他用那笔钱给自己买了一台新拖拉机。"

　　"你到底在说些什么？"克劳德说，"世界上不可能有一把椅子值四百镑。"

　　"对不起，"波吉斯先生一本正经地说，"在英国就有大量的椅子值这个价钱的两倍都不止。而且你知道它们在哪儿吗？就藏在各地乡村的农舍和别墅里，主人把它们当台阶和踏脚的梯子，他们穿着大钉靴踩在上面，伸手去够橱柜顶上的一罐果酱或者挂一幅图画。这就是我要告诉你的实情，我的朋友。"

　　鲁明斯不安地挪动一下双脚。"你的意思是，你想走进农舍，站在房间中央，到处看看？"

　　"正是这个意思。"波吉斯先生说，他终于开始意识到麻烦出在哪里了，"我无意刺探你的碗橱或食品柜。我只想打量打量家具，看看你家里是不是有什么宝贝，然后我可以在我们协会的杂志上写写文章。"

　　"你知道我怎么想吗？"鲁明斯说，用两只恶毒的小眼睛盯着他，

"我想你是自己要买那些东西。不然你下这么大的功夫做什么？"

"哦，天呐。我倒希望我有那个钱呢。当然啦，如果我看见一件自己特别喜欢的东西，而且没有超过我的支付能力，我可能会忍不住出价的。可是，唉，那种事情很少有。"

"好吧，"鲁明斯说，"如果你只是想看看，我觉得带你进去转一转倒也没什么。"他领头穿过院子，走向农舍的后门，波吉斯先生紧随其后，他的儿子伯特和带着两条狗的克劳德也跟了上来。他们走过厨房，厨房里唯一的家具是一张廉价的牌桌，上面扔着一只死鸡，然后他们走进一间比较宽敞、特别肮脏的客厅。

有了！波吉斯先生一眼就看见了它，他猛地停住脚步，发出一小声惊愕的尖叫。然后他原地呆立了至少五秒、十秒、十五秒，像傻瓜一样瞪着眼睛，他不能相信，也不敢相信眼前所见的东西。这不可能是真的，绝对不可能！可是他瞪大眼睛细看，越看越像是真的。毕竟，它就靠在他面前的墙上，像这座房子一样真实存在着，非虚非幻。而且那样一件东西怎么可能有人弄错呢？诚然，它被漆成了白色，但那一点儿关系也没有，是某个傻瓜给它刷了油漆，但很容易就能擦掉的。仁慈的上帝啊！好好看看吧！它竟然是在这样一个地方！

这时波吉斯先生突然意识到，那三个男人，鲁明斯、伯特和克劳德，在壁炉旁凑成一堆，正专注地盯着他。他们看见了他停住脚、抽冷气、瞪眼睛，肯定也看见他的脸涨得通红（也可能变得煞白），总之，如果自己不赶紧采取一点儿措施，他们所看见的足以把这笔天赐的生意整个搞砸。波吉斯先生急中生智，用一只手捂住胸口，跟跟跄跄地走向最近的一把椅子，一屁股坐进去，呼呼地喘着粗气。

"你这是怎么了？"克劳德问。

"没什么。"他上气不接下气地说，"一分钟就好。拜托——给我一杯水。是心脏的问题。"

伯特把水拿来，递给了他，然后站在他身边，一脸愚钝地低头斜睨着他。

"我还以为你在看什么东西呢。"鲁明斯说。那张青蛙般的阔嘴又咧开了一点儿，形成一个狡猾的微笑，露出几个断了的牙根。

"没有，没有。"波吉斯先生说，"哦，天呐，没有。只是我的心脏。真对不起。时不时就会犯病。不过很快就会过去的，过两分钟我就没事了。"

他必须有时间思考，他对自己说。更重要的是，他必须有时间让自己完全镇定下来再开口说话。从容一点儿，波吉斯。不管你做什么，都要保持平静。这几个人可能无知，但绝不是傻瓜。他们多疑、谨慎、狡猾。如果那东西真的是真品——不，不可能，不可能是真品……

他用一只手捂住眼睛，做出痛苦的样子，此时他偷偷地、小心翼翼地把两个指头张开一道细缝，往外窥视。

没错，那东西还在，这一次他好好地把它看了个仔细。是的——他第一眼的判断是正确的！没有哪怕一丝一毫的疑问！真是令人难以置信啊！

他看见的，是任何行家几乎都会不惜一切代价去获取的一件家具。在外行人看来，它可能没什么特别了不得的，特别是还涂了一层脏兮兮的白油漆，然而对波吉斯先生来说，这是一个生意人梦寐以求的东西。他知道，欧洲和美国的其他每一个生意人也知道，现今世上最著名、最让人觊觎的十八世纪英国家具单品中，有三件大名鼎鼎、被称为"齐本德尔衣柜"的宝物。他熟悉它们的历史——第一件是一九二〇年在沼地大叶榕村的一户人家发现的，同年在索斯比拍卖行售出；另外两件于次年在同一家拍卖行出现，都来自诺福克郡的雷纳姆山庄。它们都卖出了天价。他记不清第一件的具体售价，甚至第二件也记不清了，但他清楚地知道最后一件卖出了三千九百几尼[1]。而那是一九二一年！今天同样一件家具肯定价值一万英镑。有一个人，波吉斯先生想不起他的名字了，最近对这些衣柜做了研究，证实这三件都来自同一个作坊，因为它们的板料出自同一根圆木，而且每件家具的构造用的是同一套模板。它们的发票都没有找到，但所有的行家一致认为这三个衣柜可能是托马斯·齐本德尔独家亲手打造的，而且是在他事业的鼎盛时期。

此刻，波吉斯先生一边透过手指缝谨慎地偷窥，一边不断地告诉自己：这是"第四件齐本德尔衣柜"！是他找到的！他要发财了！而且还会出名！另外的三件都在家具界有各自专门的名字——查斯尔顿衣柜、雷纳姆衣柜一号、雷纳姆衣柜二号。这一件将以"波吉斯衣柜"的名字载入史册！想象一下伦敦那帮小子明天早晨看到它时的脸色吧！伦敦西区的那些大亨——弗兰克·帕特里奇、马莱、杰特雷等等，都会给出高额的报价！《泰晤士报》上会登出一张照片，说明文字是："这件十分精美的齐本德尔衣柜，最近由伦敦的一位名叫西里尔·波吉斯先生的交易商发现……"仁慈的上帝，这将会引起多么大的轰动啊！

"眼前的这一件，"波吉斯先生想，"跟雷纳姆衣柜二号几乎一模一样。"（所有那三件，查斯尔顿和两个雷纳姆，彼此都有许多细

1　一种英国货币，1 几尼 =1.05 英镑。

小的差异。）这是一件极为气派而俊美的家具，属于法式洛可可风格，完成于齐本德尔当总监的时期，是一种宽宽大大的斗柜，有四条高出地面约一英尺的、雕刻精美的、带凹槽的腿。一共有六个抽屉，中间两个长抽屉，两边各有两个短抽屉。弧形柜面的顶部、两侧和底部都有非常华丽的装饰，每组抽屉之间也镌刻着垂直的图案，有花饰、卷轴和花簇，雕刻十分精美。黄铜把手虽然被白漆盖住了一些，但显然质地一流。当然啦，这是一件比较"笨重"的家具，但设计和做工都那么优雅精致，其笨重也就根本不是问题了。

"你现在感觉怎么样了？"波吉斯先生听见有人说。

"谢谢你，谢谢你，我已经好多了。很快就过去了。我的医生说，只要发作时我能休息几分钟，就没有什么可担心的。啊，是的。"他说着，慢慢地站了起来，"真的好多了，我现在没事了。"

他脚步微微有些摇晃地开始在屋里走动，挨个儿查看那些家具，发表一些简短的评论。他立刻就看出来了，除了那个衣柜，其他的都没什么价值。

"不错的橡木桌子。"他说，"但恐怕年头少了点儿，不会引起什么兴趣。这两把椅子倒很舒服，但是很现代，没错，很现代。再来看这个碗橱，怎么说呢，看着蛮吸引人的，但还是不值什么钱。这个斗柜"——他漫不经心地从齐本德尔衣柜旁走过，轻蔑地挥了挥手指——"我敢说倒还值几个英镑，但也仅此而已。坦白地说，这是一件相当粗糙的复制品，大概是维多利亚时期的。是你们把它漆成白色的？"

"是的。"鲁明斯说，"伯特干的。"

"很聪明的做法。漆成白色就好得多，没那么扎眼了。"

"这是件很结实的家具。"鲁明斯说，"上面还有漂亮的雕刻。"

"机器刻的。"波吉斯先生派头十足地说，弯腰查看精美的工艺，"隔着一英里就能看出来。不过，我认为它还是蛮漂亮的。有它的可取之处。"

他溜溜达达地走开去，然后停住脚，又缓缓地转过身来。他把一根手指尖抵在下巴尖上，脑袋偏向一边，皱起眉头，似乎陷入了沉思。

"你们猜怎么着？"他看着那个衣柜说，语气十分随意，声音时而低得听不见，"我刚才突然想起……我一直想要类似这样一套的桌腿很久了。我自己的小家里有一张很奇怪的桌子，就是那种人们放在沙发前面的矮桌，有点儿像咖啡桌，在去年米迦勒节我搬家时，那些愚蠢的搬家工以极其粗暴的方式把桌腿弄坏了。我很喜欢那张桌子，我总是把我的大《圣经》放在上面，还有我所有的布道笔记。"

他顿了顿，用手指摸着下巴。"我刚才正琢磨呢。你这斗柜的这些腿或许倒很合适。没错，应该合适。把它们锯下来安在我的桌子下面，倒也不费什么事。"

他扭头看了看，发现那三个男人一动不动地站着，狐疑地注视着他，三双眼睛各不相同，却都那么充满怀疑，鲁明斯的小猪眼、克劳德的迟钝的大眼，还有伯特那两只不对称的眼睛，其中一只非常奇怪，蒙昧不清的浅色中间有个小黑点，就像盘子里的一只鱼眼。

波吉斯先生笑了笑，摇了摇头。"哎呀，哎呀，我这是在说些什么呀？听我的口气，就好像这件家具归我了似的。实在抱歉。"

"你是想说你愿意把它买下。"鲁明斯说。

"这个……"波吉斯先生扭头扫了一眼衣柜，蹙起眉头，"我说不准。我可能……不过……仔细想来……不……我认为可能有点儿太麻烦了，不值得。还是算了吧。"

"你想出多少钱？"鲁明斯问。

"恐怕不多。你知道，这不是一件真正的古董，只是个复制品。"

"我没有那么肯定。"鲁明斯对他说，"它在这里二十多年了，是之前庄园主的宅子里的。老乡绅死后，我在拍卖会上把它买了下来。你可不能说这是个新东西。"

"不算很新，但肯定最多也就六十来年。"

"比这个年头久。"鲁明斯说，"伯特，你那次在一个抽屉里发现的那张纸呢？那张旧账单。"

男孩茫然地看着父亲。

波吉斯先生张开嘴，但没等发出声音又赶紧闭上了。他真的开始兴奋得发抖了，为了让自己镇定下来，他走到窗前，看着外面院子里一只胖胖的棕色母鸡啄食散落的谷粒。

"就在那个抽屉里头，在那些捕兔夹的下面。"只听鲁明斯说，"快去把它拿出来，给这位牧师看看。"

伯特走向衣柜时，波吉斯先生又转过身来。他忍不住要看着伯特。他看见伯特抽出中间的一个大抽屉，他注意到抽屉打开时是那么流畅顺滑。他看见伯特把手伸进去，在一大堆铁丝和粗线中间翻来翻去。

"你说的是这个吗？"伯特掏出一张折叠的泛黄的纸，把它拿给了父亲，鲁明斯把纸展开，举到脸前。

"你可不能说这上面的字还不够有年头吧。"鲁明斯说，把纸递过来给波吉斯先生，波吉斯先生接过纸时胳膊都在颤抖。纸张松脆，在他的手指间轻微作响。上面的笔迹是一种长长的斜体字。

爱德华·蒙泰先生

需支付托马斯·齐本德尔

八十七英镑

一张红木大衣柜台，极品木料，雕刻十分精美，带凹槽的腿，中间是两个形状十分规整的长抽屉，两边各有两个小抽屉，配有豪华的黄铜把手和装饰，整个作品华丽高贵，极具品位……

波吉斯先生紧紧抓着这张纸，拼命克制着内心激荡着的、令他感到眩晕的兴奋。哦，上帝，太奇妙了！有了这张账单，价值还会再上几个台阶。看在上帝的分上，现在能卖到多少钱？一万两千镑？一万四千镑？也许一万五千镑，甚至两万镑？谁知道呢？

哦，天呐！

他轻蔑地把纸扔在桌上，平静地说："就像我跟你们说的，是一件维多利亚时期的复制品。这只是卖家给客户提供的发票——卖家就是做了柜子再冒充古董出售的那个家伙。这种东西我见得多了。你会注意到他没有说东西是他自己做的。这就露出马脚来了。"

"随你怎么说吧，"鲁明斯大声说，"反正这张纸很有年头了。"

"当然，当然，我亲爱的朋友。这是维多利亚时期的，维多利亚晚期。大概是一八九几年吧，也有六七十年历史了。我见过几百张这样的东西，那个时候，大批的家具木工整天不干别的，专门仿制前一个世纪的精美家具。"

"听着，牧师。"鲁明斯用一根肮脏的粗手指指着他，说道，"我不是想说你对家具的事一窍不通，我想说的是，你还没有看到油漆下面是什么样子，凭什么就这么有把握说它是假货？"

"过来。"波吉斯先生说，"上这儿来，我让你们看个明白。"他站在衣柜旁边，等他们聚拢过来。"请问，谁有刀子？"

克劳德拿出一把角质柄的小折刀，波吉斯先生接过来打开最小的刀刃。然后，他表面上漫不经心，实际上十二万分小心，开始把衣柜顶部一小块地方的白漆刮掉。白漆刮干净后，露出下面古旧而坚实的亮光漆，他清理出三英寸见方后，退后一步，说道："好了，过来瞧瞧吧！"

真美啊——一小块温润的红木，闪烁着黄玉般的光泽，沉郁、乌黑，是二百年沉淀的正宗颜色。

"有什么不对吗？"鲁明斯问。

"是处理过的！谁都看得出来！"

"你是怎么看出来的，先生？你倒是说说看。"

"唉，我不得不说要解释起来有点儿困难。主要是凭经验。我的经验告诉我，这木头用石灰处理过，绝没有半点儿疑问。他们用石灰处理红木，让它具有那种陈年的暗色。至于橡木嘛，他们用的是钾盐，胡桃木用的是硝酸，但处理红木都是用石灰。"

三个男人凑近一点儿，盯着那木头。他们现在来了兴致，有点儿躁动不安了。听听新的骗术和骗局总是令人着迷的。

"仔细看看这个纹理。你们看见在暗红褐色中间有一抹橘黄色吧。那就是石灰的痕迹。"

他们探过身，把鼻子凑向木头，先是鲁明斯，再是克劳德，然后是伯特。

"再来说这个铜绿。"波吉斯先生继续说道。

"什么？"

他向他们解释这个词用在家具上的意思。

"我亲爱的朋友们，你们根本不知道，那帮混蛋为了模仿正宗铜绿那种坚硬而美丽的青铜色外观，花费了多少工夫。可怕，真是可怕，我一说起来就感到恶心！"他用舌尖把每个字用力地喷射出去，并且撇着嘴，表示出极度的厌恶。男人们等待着，希望听到更多的秘密。

"有些家伙为了欺骗无辜的人，真是煞费苦心，不惜时间！"波吉斯先生大声说，"实在是令人作呕！朋友们，你们知道他们在这里是怎么做的吗？我可以看得清清楚楚。我几乎能看见他们的做法，那种冗长、繁复的程序，用亚麻籽油擦拭木头，再用巧妙配色的法国抛光漆浸泡，用浮石和油刷一遍，再打一层掺了泥土和灰尘的蜡，最后经过一道热处理，让表面开裂，看上去就像有二百年历史的旧光泽！唉，想到这样的流氓行径，真让我痛心疾首！"

三个人继续盯着那一小片暗色的木头。

"摸摸它！"波吉斯先生吩咐道，"把你们的手指放在上面！怎么样，感觉如何，是热还是冷？"

"冷。"鲁明斯说。

"一点儿不错，我的朋友！有一个事实就是，伪造的铜绿摸上去总是冷的。真正的铜绿摸上去有一种奇特的温热感。"

"这感觉很正常。"鲁明斯不服气地说。

"不，先生，这是冷的。不过只有经验丰富的敏感的手指才能判定它的真伪。就像我不可能判断你的大麦的质量一样，你也不可能判断这样的东西。生活中的一切，我亲爱的先生，都靠经验。"

三个男人瞪大眼睛，盯着这个奇怪的圆脸庞牧师，不像刚才那么怀疑他了，因为他好像确实对这个话题比较懂行。但是他们还远远谈不上相信他。

波吉斯先生弯下腰，指着衣柜上的一个金属抽屉把手。"这也是骗子们做手脚的一个地方。"他说，"旧黄铜一般都有自己的颜色和特性。这点你们了解吗？"

三个人盯着他，还想听到更多的秘密。

"但麻烦就在于他们这方面的技艺已经变得非常精到了。实际上几乎很难看出'真旧'和'做旧'之间的区别。我不妨承认其中有我的猜测，所以我们就没必要刮掉这些把手上的油漆了，即使刮掉也不会看出什么。"

"怎么可能把新黄铜做旧呢？"克劳德说，"黄铜不会生锈，这你知道。"

"你说得不错，我的朋友。但是那帮卑鄙的家伙自有他们见不得人的做法。"

"比如说什么呢？"克劳德问。在他看来，这一类的信息都很有价值。说不定什么时候就能派上用场也未可知。

"他们需要做的，"波吉斯先生说，"就是将这些把手在一箱浸泡了氯化铵的红木刨花里放一夜。氯化铵会让金属变绿，而如果你把这层绿擦掉，就会发现下面是一层漂亮而柔和的银光，跟正宗的旧黄铜的光泽一模一样。哦，太卑鄙了，他们干的这些勾当！他们对付铁又是另一种套路。"

"他们是怎么对付铁的？"克劳德好奇地问。

"铁很容易。"波吉斯先生说，"只要把铁锁、铁板和铁铰链什么的埋在普通的盐里，它们立刻就会变得锈迹斑斑，麻麻点点。"

"好吧。"鲁明斯说，"所以你承认你说不出这些把手的道道。就你所知，它们可能有好几百年历史呢。对不对？"

"啊。"波吉斯先生说，用两只凸出的褐色大眼睛盯着鲁明斯，"这你可就说错了。你仔细瞧着。"

他从上衣口袋里掏出一个小螺丝刀。与此同时，他还掏出一个小铜螺丝藏在手心里，但他们谁都没有看见他的动作。然后他在衣柜上挑了一个螺丝——每个把手上有四个螺丝——他开始小心翼翼地刮去螺丝顶上的白漆。刮干净之后，他便动手把螺丝拧下来。

"如果这真是十八世纪的古董级黄铜螺丝，"他说，"螺纹会有点儿不平整，你一眼就能看出是用锉刀手工做成的，但如果这个铜把手是近些年——维多利亚时代或者更晚——的冒牌货，那么螺丝显然也应该是同一时期的，是批量生产、机器制作的东西。机器做的螺丝谁都认得出来。好吧，我们来看看。"

波吉斯先生用手捂住旧螺丝，把它拔出来，神不知鬼不觉地换上了藏在掌心里的新螺丝，整个动作并不困难。这也是他的一个小招数，这么多年来证明很有效。他那件牧师上衣的口袋里总是放着一堆各种型号的廉价铜螺丝。

"在这儿呢。"他说，把那个现代螺丝递给鲁明斯，"好好看看吧。注意到螺纹多么平整吗？看见了吗？你肯定看见了。这只是一个不值钱的普通小螺丝，如今你在乡下的随便哪家五金商店都能买得到。"

螺丝被轮流递到那三个人手里，每人都看得很仔细。就连鲁明斯此刻也心口服了。

波吉斯先生把螺丝刀，连同他从衣柜上拧下来的那个精美的手工螺丝，一起放回了口袋里，然后他转过身，慢悠悠地经过三个男人身边，朝门口走去。

"我亲爱的朋友们，"他说，在厨房门口停住脚步，"非常感谢你们让我参观你们家——太客气了。但愿我没有让你们感到讨厌。"

正在检查螺丝的鲁明斯抬起头来。"你还没说你打算出多少钱呢。"他说。

"啊。"波吉斯先生说,"那倒是真的,可不是吗?唉,实话告诉你们,这的确有点儿太麻烦了。我想还是算了吧。"

"你愿意出多少钱?"

"你是说你真打算把它卖掉?"

"我没说我想把它卖掉。我只问你出多少钱。"

波吉斯先生看着屋里的衣柜,脑袋先偏到一边,又偏到另一边,然后他皱起眉头,噘起嘴唇,耸了耸肩膀,轻蔑地挥了一下手,似乎想说这件事实在不值得考虑,不是吗?

"那就……十个英镑吧。我认为这算很公道了。"

"十个英镑!"鲁明斯喊了起来,"拜托,别开玩笑了,牧师。"

"当柴火烧都不止这么多钱!"克劳德懊丧地说。

"看看这个账单!"鲁明斯继续说,用他肮脏的食指粗暴地戳着那张珍贵的文献,让波吉斯先生看了心惊肉跳。"上面清清楚楚写着钱数呢!八十七英镑!而且那是新货的价钱。现在成了古董,起码得翻倍!"

"恕我直言,不是,先生,不是古董。是一件二手的复制品。不过,我的朋友,我可以告诉你——我有点儿草率了,心血来潮——我可以提高到十五英镑。怎么样?"

"五十。"鲁明斯说。

一种甜蜜的微颤,像细针似的顺着波吉斯先生的大腿后面往下蹿,一直蹿到他的脚底。他得手了,柜子是他的了。这是毫无疑问的。可是这么多年的需求和磨炼使他养成一个习惯,尽量廉价买进，越便宜越好，这习惯太根深蒂固了，使得他此刻不愿轻易做出让步。

"我亲爱的朋友，"他慢条斯理地小声说，"我只想要这几条腿。几个抽屉也许以后能派上点儿用场，但是剩下来的，这个柜子本身，就像你这位朋友刚才说的，就是一堆柴火，仅此而已。"

"那就三十五镑。"鲁明斯说。

"不可能，先生，不可能的！不值那个价！而且我绝对不能允许自己这样讨价还价。这是完全错误的。我就给你一个最后报价，然后我就走人。二十英镑。"

"成。"鲁明斯一口应下，"归你了。"

"哦，天呐。"波吉斯先生把两个手一攥，说道，"我又陷入了被动。我刚才就不应该开这个头的。"

"你现在可收不回去了，牧师。说好了就不许赖。"

"是的，是的，我知道。"

"你怎么拿走呢？"

"嗯，让我想想。如果我把我的车开进院子，也许你们几位先生愿意行个好，帮我把它搬上去？"

"搬上车？这东西肯定塞不进车里！你需要一辆卡车来装它！"

"我认为不必。到时候再看吧。我的车就在路上。我马上就回来。我们总有办法搞定的，我相信。"

波吉斯先生走进院子，走出大门，走在那条长长的、穿过田野通往公路的小道上。他发现自己在无法控制地咯咯发笑，而且感到似乎有成百上千的小气泡从肚子里冒上来，像苏打水一样，噼噼啪啪地在头顶上愉快地爆开。田野里所有的金凤花突然都变成了一个个金镑，在太阳下闪着金光。遍地都是金币啊，于是他离开小道，走在草地上，这样他就能漫步在金币中间，踩在金币上，用脚踢着那些金币，听它们发出清脆悦耳的金属声了。他觉得很难克制着不跑起来。然而牧师是从来不跑的。牧师总是慢慢地走路。慢慢地走路，波吉斯。保持镇静，波吉斯。现在没必要着急了。柜子是你的了！二十英镑买来的，价值一万五千，甚至两万英镑！波吉斯衣柜！十分钟后，它就稳稳地放在你车里了——放进去绰绰有余——然后你一路唱着歌儿，开回伦敦！波吉斯先生开着波吉斯汽车把波吉斯衣柜运回家。历史性的时刻。新闻记者肯定不惜一切想拍到这幅画面！他是不是应该安排一下。也许应该。等着瞧吧。哦，辉煌的一天！哦，多么可爱的一个夏日！哦，荣耀归于上帝！

话说在农舍里，鲁明斯说道："想想吧，那个老混蛋竟然出二十镑买这么一堆破烂。"

"你干得很漂亮，鲁明斯先生。"克劳德对他说，"你说他会付你钱吗？"

"他付了钱咱们再给他装上车。"

"如果车里塞不下呢？"克劳德问，"你知道我在想什么吧，鲁明斯？你想听听我的心里话吗？我认为这该死的东西太大了，根本塞不进车里去。然后会怎么样呢？然后他就会说算了吧，就把它撇下，开着车走了，然后你就永远不会再见到他，也不会见到钱。他买的时候并不是很积极，你知道的。"

鲁明斯没说话，考虑着这个新的、颇令人惊慌的可能性。

"这样一件东西怎么可能塞进车里呢？"克劳德锲而不舍地继续说，"而且没有哪个牧师会开一辆大车。你从没见过牧师开大车吧，鲁明斯先生？"

"确实没有。"

"这就对啦！现在听我说吧。我倒有个主意。他不是跟我们说他只想要这几条腿吗？我们只需要在他回来之前，快刀斩乱麻地把腿锯下来，柜子就准能塞进车里了。我们这是省了他的麻烦，免得他回家后还要自己锯腿。这主意怎么样，鲁明斯先生？"克劳德那张迟钝的大扁脸上闪动着自鸣得意的神情。

"这倒是个不坏的主意。"鲁明斯看着衣柜，说道，"实话实说，这主意太棒了。说干就干，抓紧时间。你和伯特把它搬到外面的院子里。我去拿锯子。先把抽屉拉出来。"

两分钟后，克劳德和伯特就把衣柜搬了出来，底朝上放在院子里的鸡屎、牛粪和烂泥中间。他们看见远处的田野上有一个小小的黑色身影顺着小道往公路上走。他们停下来注视着，这身影的行为看着有几分滑稽，他时不时地撒腿跑几步，蹦几个高儿，有一次似乎还有欢快的歌声从草地上隐隐地传到他们耳中。

"我认为他有点儿疯癫。"克劳德说。伯特阴沉地咧嘴笑笑，那颗有白膜的眼珠在眼眶里慢慢转动。

鲁明斯扛着一把长锯，从工具棚里摇摇晃晃走过来，他五短身材，活像一只青蛙。克劳德从他手里接过锯子，开始干活。

"锯得高一点儿。"鲁明斯说，"别忘了他还要用在另一张桌子上呢。"

红木很硬、很干，克劳德拉锯时，细细的红粉从锯条边缘喷出来，轻轻落在地上。衣柜的腿一条接一条地被锯断，都锯下来后，伯特弯下腰，把它们仔细地摆成一排。

克劳德退后一步，欣赏自己的劳动成果。接着是良久的沉默。

"让我问你一个问题吧，鲁明斯先生。"他慢吞吞地说，"就算成了这样，你能把这个大家伙塞进一辆车里吗？"

"除非是一辆货车。"

"没错！"克劳德喊道，"你知道牧师是不开货车的。他们一般只开小车，莫里斯八代或奥斯汀七代。"

"他要的只是腿。"鲁明斯说，"如果剩下的柜子塞不进去，他可以留下嘛。他没什么可抱怨的。他拿到了腿。"

"其实你心里很清楚，鲁明斯先生。"克劳德耐心地说，"你明明知道，如果不能把这柜子的每一部分都装进车里，他肯定又要开始杀价。一提到钱的事，牧师跟其他人一样精明，这点你可千万别犯糊涂。特别是这个老家伙。干脆，我们现在就把他的柴火给他，彻底了结这件事。你的斧子放在哪儿？"

"我认为很有道理。"鲁明斯说，"伯特，去拿斧子。"

伯特走进工具棚，拿来一把伐木头的长斧子，递给克劳德。克劳德往手心里吐了口唾沫，两手搓了搓。然后，他用长胳膊把斧子高高抡起，开始朝那个没有腿的衣柜发起凶猛的进攻。

这工作可不轻松，他花了好几分钟才算是把整个衣柜劈成了碎片。

"有一点我得告诉你。"他说，直起腰，擦了擦额头，"不管那牧师怎么说，做这件家具的木工手艺可真不赖。"

"时间正好！"鲁明斯大声说，"他来了！"

亨利·休格的神奇故事

亨利·休格四十一岁，未婚，他还是个有钱人。他有钱是因为他有个已故的阔爸爸。他未婚是因为他太自私，不愿意找一位妻子来分享他的财产。

他身高六英尺两英寸，但并不像他自己以为的那样好看。

他在衣着上花了很多心思。他去一家昂贵的裁缝店做西装，去专门的衬衫店做衬衫，去专门的鞋店给自己定做鞋子。

他用价格不菲的须后润肤水擦脸，用含有海龟油的乳液让双手保持柔软。

他的理发师每十天给他理一次发，同时他还要做一次修甲。

他出大价钱给自己的上门牙包了烤瓷，因为原来的牙齿黄兮兮的，非常难看。他还做了个整形手术，拿掉了左面颊上的一个瘊子。

他开一辆法拉利，那价钱差不多可以买下一座乡村小别墅。

他夏天住在伦敦，到了十月份刚降霜的时候，就去西印度群岛或法国南部，跟朋友们一起待在那里。他的朋友都是继承了家产的富人。

亨利这辈子没工作过一天，他自己发明了一句座右铭："挨几句褒贬总比干苦力活强。"他的朋友们觉得这话说得精彩。

世界上到处可见亨利·休格这样的男人，他们像海草一样漂浮。在伦敦、纽约、巴黎、拿骚、蒙特哥贝、戛纳和圣特罗佩尤其能见到他们的身影。他们不是特别坏的人，但也不是什么好人。说起来他们并没有什么影响力，只是一种装饰。

所有的这些人，所有这种类型的富人，都有一个共同的特点：内心有种可怕的冲动，想让自己变得比现在更富有。一百万根本不够，两百万也不行。他们总是想赚到更多的钱，永不满足。那是因为他们总活在恐惧之中，生怕哪天早晨一醒来发现账户里一分钱也没有了。

为了增加自己的财富，这些人都采取了同样的方式。他们购买股票和证券，盯着它们或涨或跌；他们在赌场里玩轮盘赌和二十一点，下的赌注很高；他们还赌赛马，简直就没有他们不赌的东西。有一次，亨利·休格在利物浦勋爵的网球草地上给一场乌龟赛跑下了一千镑的赌注。他还拿出两倍那么多的钱，跟一个名叫埃斯蒙德·汉伯利的人赌了一件更荒唐的事：他们把亨利的狗放进外面的花园，然后从窗口注视着它，在狗被放出去之前，每人必须提前猜测狗第一次抬起后腿时会靠在什么东西上。是一面墙、一根柱子、一片灌木，还是一棵树？埃斯蒙德选了墙，而亨利为了这个特殊的赌局，特意观察了自己这条狗的习惯，他选的是树，结果就赢了钱。

亨利和他的朋友们有钱又有闲，无聊得发慌，为了打发时间，尽玩一些这类荒唐的游戏。

你可能已经注意到了，亨利这个人只要看到机会是不在乎骗一骗他的这些朋友的，那次拿狗打赌显然就做得不够地道。而且，如果你想知道的话，乌龟赛跑那次也赢得不大光彩。亨利当时作弊了，他在比赛前一个小时偷偷往对手的乌龟嘴里塞了一点儿安眠药粉。

现在你大致明白了亨利·休格是个什么样的人，我可以开始讲这个故事了。

在夏天的一个周末，亨利驱车从伦敦前往吉尔福德，去拜访威廉·温德姆爵士。温德姆家十分气派，庭院也很有规模，可是，亨利在那个星期六下午赶到时已是大雨如注。网球场在外面，槌球场也在外面。威廉爵士家的游泳池也在外面。东道主和几位客人闷闷地坐在客厅里，盯着大雨哗哗地冲刷着玻璃窗。大富翁都特别讨厌坏天气。下雨天带来的不便，让他们有再多的钱也奈何不得。

屋里有人说道："我们来玩凯纳斯特纸牌吧，赌注下高一点儿。"

大家都认为这个主意很妙，但他们一共是五个人，必须有一个人退出。他们洗了牌，亨利抽到的点数最低，被淘汰了。

另外四个人坐下来开始打牌。亨利被排除在外，感到很郁闷，他百无聊赖地离开会客室，走进大厅。他盯着墙上的画看了片刻，然后继续在豪宅里闲逛，因为无所事事而闷得要死。最后，他溜达进了藏书室。

威廉爵士的父亲是一位著名的藏书家，这个大房间的四面墙壁从地板到天花板都摆满了书。对此，亨利·休格并没有肃然起敬，他甚至没有产生兴趣。他平常只读侦探小说和惊悚故事，他没有目标地在房间里乱逛，想找到自己喜欢的那一类书。然而威廉爵士的藏书都是皮封面的大部头，上面的名字都是巴尔扎克、易卜生、伏尔泰、约翰逊和皮普斯这样的大作家。都是令人乏味的垃圾，亨利对自己说。就在他准备离开时，目光突然被一本与众不同的书吸引住了。这本书非常薄，要不是它比两边的书稍微突出那么一点儿，亨利根本不会注意到。他把书从书架上抽出来，发现那只是一个牛皮纸封面的练习本，就像小孩子在学校里用的那种。封面是深蓝色的，上面什么也没有写。亨利打开练习本，第一页上有手写的钢笔字：

采访笔记

伊姆拉特·汗

不用眼睛能看见的奇人

采访者

约翰·卡特赖特医生

印度，孟买

一九三四年十二月

这看上去倒蛮有意思的，亨利对自己说。他翻过一页，纸上都是黑墨水写的钢笔字，笔迹清楚而工整。亨利站着读了两页，他突然发现自己想要继续读下去。这是个好东西，很有吸引力。他拿着小本子走向窗边的一把皮质扶手椅，舒舒服服地坐了下来。然后，他又从头开始读起。

下面就是亨利在那个蓝色小练习本上读到的内容：

我叫约翰·卡特赖特，是孟买综合医院的一名外科医生。一九三四年十二月二日早晨，我在医生休息室里喝茶，和我在一起的还有另外三名医生，都忙了一夜，在喝茶休息。他们是马歇尔医生、菲利普斯医生和麦克法兰医生。这时有人敲门。"请进。"我说。

门开了，一个印度人走了进来，他微笑着对我们说："抱歉，打扰了。几位先生，我可以请你们帮个忙吗？"

医生休息室是一个非常私密的地方。如果没有紧急情况，除了医生谁也不能进来。

"办公重地，闲人免入。"麦克法兰医生严厉地说。

"是的，是的。"那个印度人回答，"这我知道，我这样闯进来真是太抱歉了，几位先生，但是我要让你们看一件特别有趣的事。"

我们四个人都很恼火，没有说话。

"几位先生，"他说，"我不用眼睛也能看到东西。"

我们没有请他继续说下去，但也没有把他踢出门。

"你们可以随便用什么办法蒙住我的眼睛，"他说，"你们可以在我的脑袋上裹上五十层绷带，我还照样能念书给你们听。"

他看上去不像在说笑话。我感到自己的好奇心开始冒头。"过来。"我说。他走到我面前。"转过身去。"他转过身去。我用双手牢牢地捂住他的眼睛，不让他睁开眼皮。"现在，"我说，"这屋里的另一位医生会举起几个手指。告诉我，他举了几个手指。"

马歇尔医生举起七个手指。

"七个。"印度人说。

"再来一次。"我说。

马歇尔医生攥住两个拳头，把手指都藏了起来。

"没有手指。"印度人说。

我拿开蒙住他眼睛的手。"不错。"我说。

"别着急。"马歇尔医生说，"再试试这个。"门后的钩子上挂着一件医生的白大褂。马歇尔医生把它拿下来，卷成一条长围巾的样子。然后用它缠住印度人的头，把白大褂的两端紧紧抓在后面。"试吧。"马歇尔医生说。

我从口袋里掏出一把钥匙。"这是什么？"我问。

"一把钥匙。"他回答。

我把钥匙收起来，举起一只空空的手。"这是什么东西？"我问他。

"没有东西。"印度人说，"你手里是空的。"

马歇尔医生拿开蒙住那人眼睛的白大褂。"你是怎么做到的？"他问，"变的什么戏法？"

"没有什么戏法。"印度人说，"我经过多年的训练，真的有这个本事。"

"什么样的训练？"我问。

"请原谅，先生。"他说，"这个不宜公开。"

"那你上这儿来做什么？"我问。

"我想请你们帮一个忙。"他说。

这个印度人个子很高，大约三十岁，皮肤呈椰子般的浅褐色。他留着一撮黑色的小胡子。而且他两个耳朵外面也覆盖着一层奇怪的黑毛。他穿着一件白色棉布袍子，光脚穿着凉鞋。

"几位先生，是这样的，"他继续说道，"我目前在一家流动剧团工作，靠这个养活自己，我们刚来到孟买这里。今晚是我们的首场演出。"

"你们在哪儿演出？"我问。

"皇宫大厅。"他回答，"在金合欢路。我是明星演员。节目单上说我是'伊姆拉特·汗，不用眼睛也能看见的奇人'。我要负责大张旗鼓地宣传这场演出。如果票卖不出去，我们就没饭吃。"

"这件事跟我们有什么关系？"我问他。

"你们会感到很有趣、很好玩的。"他说，"我解释一下吧。是这样的，每当我们剧团到一个新的城市，我就会亲自走进当地最大的医院，请那里的医生把我的眼睛蒙住。他们必须把我的眼睛缠上许多层绷带，蒙得严严实实。这件事必须由医生来做，不然人们就会怀疑我作弊。然后，等我的眼睛完全蒙住了，我就走到街上，做一件危险的事情。"

"什么意思？"我问。

"我的意思是，我要做一件对一个看不见的人来说极其危险的事。"

"你要做什么？"我问。

"非常有趣。"他说，"如果你们能行个方便，先帮我把眼睛蒙起来，就会看见我做那件事。几位先生，这对你们来说只是举手之劳，但对我来说就是帮了一个大忙。"

我看看另外三位医生。菲利普斯医生说他必须回去看他的病人，麦克法兰医生也这么说。马歇尔医生说："行啊，有什么不可以？也许蛮好玩的。花不了一分钟。"

"我和你一起。"我说，"但我们要把活儿做得地道。要百分之百确保他不能偷看。"

"你们真是太帮忙了。"印度人说,"你们想怎么做都行,拜托了。"

菲利普斯医生和麦克法兰医生离开了房间。

"在蒙他眼睛之前,"我对马歇尔医生说,"我们先把他的眼皮全都封住。然后,再找来一种又软又黏又结实的东西,把他的眼窝全都堵上。"

"比如说什么东西呢?"马歇尔医生问。

"面团怎么样?"

"面团再合适不过了。"马歇尔医生说。

"好的。"我说,"你溜到医院面包房去拿一些面团,我把他领进手术室,把他的眼皮封住。"

我领着印度人离开休息室,顺着医院里长长的过道朝手术室走去。"在这里躺下。"我指着高高的手术床说。他躺了下来。我从柜子里拿出一个小瓶子。瓶口有个滴眼管。"这是一种叫火棉胶的东西。"我对他说,"它会在你闭着的眼皮上变硬,你就没法把眼睛睁开了。"

"事后我怎么把它弄掉呢?"他问我。

"它一碰到酒精就溶化了。"我说,"绝对无害。现在你把眼睛闭上吧。"

印度人闭上了眼睛。我把火棉胶涂在他的两个眼皮上。"别睁眼睛。"我说,"等它变硬。"

两分钟后,火棉胶在眼皮上结成一层硬膜,把眼皮完全粘住了。"你睁眼睛试试。"我说。

他试了试,但是睁不开。

马歇尔医生端着一盆面团走了进来。就是烤面包用的那种普通的白面团。很细密，很柔软。我揪起一块面团，把它抹到印度人的一只眼睛上。我不仅堵住了整个眼窝，还把面团抹到周围的皮肤上，然后我用力按压面团的边缘，对另一个眼睛也如法炮制。

"不是很难受吧？"我问。

"还好。"印度人说，"没事。"

"你来缠绷带。"我对马歇尔医生说，"我的手指太黏了。"

"没问题。"马歇尔医生说，"你看好了。"他拿出厚厚一团脱脂棉，放在印度人被面团糊住的眼睛上面。脱脂棉被粘在了面团上。"请坐起来。"马歇尔医生说。

印度人从床上坐了起来。

马歇尔医生拿来一卷三英寸的绷带，开始用它把那人的脑袋一圈一圈地缠起来。绷带把脱脂棉和面团牢牢地固定住了，马歇尔医生用别针把绷带别住。然后，他又拿起一卷绷带，不仅用它缠住那人的眼睛，还把他的整个脸和头都裹了起来。

"请把我的鼻子留在外面喘气。"印度人说。

"当然。"马歇尔医生回答。他缠完了，用别针别住绷带的头。"怎么样？"他问。

"太棒了。"我说，"他绝对不可能透过这些看到东西。"

现在，印度人的整个脑袋都被厚厚的白色绷带包裹着，你只能看见他露在外面的鼻尖。他看上去就像一个刚做了可怕的开颅手术的人。

"感觉怎么样？"马歇尔医生问他。

"很好。"印度人说，"两位先生，我必须表扬你们，把活儿干得这么漂亮。"

"那你就走吧。"马歇尔医生说着，朝我咧嘴一笑，"让我们看看你现在看东西多么灵光。"

印度人从床上下来，径直走向门口。他打开门，走了出去。

"天呐！"我说，"你看见了吗？他把手直接放在了门把手上！"

马歇尔医生的笑容消失了，他的脸突然变得煞白。"我要跟在他后面。"他说着就冲向门口，我也跑了过去。

印度人在医院的过道里走得非常正常。我和马歇尔医生保持五码左右的距离跟着他。这个人顶着完全被绷带缠住的、硕大的白脑袋，在过道里像旁人一样行走自如，这看上去简直令人毛骨悚然。而且你确切地知道他的眼皮被封住了，他的眼窝用面团堵住了，上面还敷着一大块脱脂棉，并用绷带缠得紧紧的，这样一想就更觉得吓人了。

我看见一个当地的护理工在过道里朝印度人走来，他推着一个食品手推车。护理工突然看见了这个白脑袋的人，他顿时怔住了，而缠着绷带的印度人轻巧地避开手推车，继续往前走。

"他看见了！"我喊道，"他肯定看见了手推车！他直接绕了过去！这实在让人难以置信！"

马歇尔医生没有回答我。他面颊煞白，整个脸都因为震惊和愕然而变得僵硬。

印度人来到楼梯口，开始往下走。

他下楼毫不费事，甚至没有把手搭在楼梯的扶手上。

有几个人正在上楼，他们个个都停住脚，吃惊得瞪大眼睛，然后赶紧闪到一边。

到了楼梯底下，印度人往右一拐，朝通向街道的大门走去。我和马歇尔医生一直跟在后面。

我们医院的大门离街道还有一点儿距离，出了大门，走下几级宽大的台阶，是一个种着金合欢树的小院子。我和马歇尔医生来到外面耀眼的阳光下，站在那些台阶顶上。我们看见下面的院子里聚集着大约上百号人，其中至少一半都是赤脚的孩子，我们这位白脑袋的印度人走下台阶时，他们齐声欢呼，大喊大叫地朝他涌来，他两只手举过头顶跟他们打招呼。

突然，我看见了那辆自行车，它停在台阶底部的一侧，一个小男孩抓着车把。自行车本身倒没什么特别，但是车后有一张五平方英尺的巨幅海报固定在后轮轴上。海报上写着下面这些话：

伊姆拉特·汗

不用眼睛也能看见的奇人！

今天我的眼睛

被医院的医生蒙住！

本星期每晚七点

在金合欢路的

皇宫大厅

千万不要错过！

你会看到奇迹上演

这个印度人已经走到台阶底部，正径直走向那辆自行车。他对那个男孩说了句什么，男孩笑了。印度人骑上自行车，人们给他让出路来。然后，看啊，这个裹着脑袋、蒙着眼睛的家伙骑出了院子，直接骑到了熙熙攘攘、车来车往的大马路上！人们的欢呼声更响了。赤脚的孩子们追着他跑，一边尖叫和大笑。在一分钟左右的时间里我们还能看到他的身影。我们看见他潇洒地骑车经过繁忙的街道，身边呼呼地开过一辆辆汽车，后面跟着一群奔跑的孩子。然后，他拐过一个弯，不见了。

"我觉得有点儿头晕。"马歇尔医生说，"我实在没法相信这件事。"

"我们必须相信。"我说，"他不可能拿开绷带下的面团。我们从没让他离开过我们的视线。他想把封住的眼皮打开，起码要用脱脂棉和酒精忙活五分钟。"

"你知道我是怎么想的吗？"马歇尔医生说，"我认为我们正在见证一个奇迹。"

我们转过身，慢慢走回了医院。

那天我一直忙着在医院里诊治病人。晚上六点，我下班了，开车回到我的公寓冲澡、换衣服。这是孟买一年里最热的季节，即使太阳落山后也热得像个大火炉。你坐在椅子上什么事也不做，汗都会从你皮肤里渗出来。你一整天脸上都是汗津津的，衬衫贴在胸脯上。我冲了一个长长的凉水澡，只用一条毛巾裹住腰，坐在阳台上喝威士忌和苏打水。然后我穿上了几件干净衣服。

七点差十分的时候，我来到金合欢街的皇宫大厅外面。那不是什么气派的地方，就是那种花几个小钱就能租来搞聚会或开舞会的逼仄、破烂的礼堂。售票处外面围着一大群当地的印度人，门口贴着一张大海报，上面写着那个星期"国际戏剧公司"每晚都有演出。届时会有变戏法和魔术表演，还有杂技、吞剑、吞火、耍蛇表演和一出名叫《国王与虎夫人》的独幕剧。而在这一切标语之上，则用大得多的字体写着：伊姆拉特·汗，不用眼睛也能看见的奇人。

我买了张票，走了进去。

演出持续了两个小时。让我惊讶的是我竟然看得津津有味，所有的演员都很出色。我喜欢那个用厨具玩杂耍的男人，他让一个炖锅、一个煎锅、一个烤盘、一个大托盘和一个砂锅同时在空中飞。耍蛇者有一条绿色的大蛇，它几乎把整个身体都竖起来，只有尾巴尖着地，随着耍蛇者的笛音微微摇摆。吞火者吞了火。吞剑者把一把薄而锋利的长剑插入喉咙，推进去至少四英尺，深达腹部。最后，在一片喧闹的号角声中，我们的朋友伊姆拉特·汗终于出场表演了。我们在医院给他缠的绷带已经被拿掉了。

几名观众被叫到舞台上，用床单、围巾和缠头布蒙住他的眼睛，最后他脑袋上裹了那么多东西，几乎站都站不稳了。有人给了他一把手枪，一个小男孩走出来，站在舞台的左边，我认出他就是那天早晨在医院外面扶着自行车的男孩。男孩把一个铁皮罐放在自己头顶上，然后站着一动不动。观众席里鸦雀无声，都看着伊姆拉特·汗举枪瞄准。他开枪了，枪声吓得我们心惊肉跳，铁皮罐从男孩头上飞出去，当啷啷落在地板上。男孩把它捡起来，给观众看上面的弹孔。大家热烈鼓掌、喝彩，男孩笑了。

接着，男孩靠着一块木头屏风站好，伊姆拉特·汗把刀子扔过去扎在他的周围，大多数刀子都离男孩的身体很近。这个表演太精彩了，一般人即使眼睛没被蒙住，也很少能把刀子扔得这么准的，然而这个与众不同的家伙，脑袋上裹了一层又一层东西，活像一个插在棍子上的大雪球，却能把锋利的小刀准确地扎在屏风上。真悬哪，只差一点点儿就扎到男孩的脑袋了，而整个表演过程中男孩一直在微笑。表演结束后，观众们兴奋地跺脚、尖叫。

伊姆拉特·汗的最后一个节目虽然没有这么惊险，但更令人叹为观止。一个铁桶被拿到了舞台上，几位观众被请到台上去检查，确保桶上没有窟窿。确实没有窟窿。然后，桶被放到了伊姆拉特·汗已被裹得斗大的脑袋上。铁桶罩住了他的肩膀，一直罩到胳膊肘那儿，使得手臂的上半部只能紧贴着身体。但是他的小臂和双手仍能露出来。有人把一根针放在他的一只手里，把一根棉线放在他的另一只手里。他干脆利落、准确无误地把棉线穿进了针眼。我看得目瞪口呆。

演出一结束，我就走到了后台。我在一间小而干净的更衣室里找到了伊姆拉特·汗先生，他静静地坐在一个木头凳上。那个印度小男孩正在解开他头上的那一层层围巾和床单。

"啊，"他说，"是我在医院里的医生朋友。进来吧，先生，进来吧。"

"我看了演出。"我说。

"觉得怎么样？"

"非常喜欢。我认为你很神奇。"

"谢谢你。"他说，"你过奖了。"

"我还要祝贺你的助手。"我说，朝那个小男孩点点头，"他很勇敢。"

"他不会说英语。"印度人说，"但我会把你的话告诉他。"他用印度斯坦语对男孩很快地说了句什么，男孩严肃地点点头，但没有说话。

"你瞧，"我说，"我今天早晨帮了你一个小忙。你愿意反过来帮我一次吗？你能否答应出去和我一起共进晚餐？"

现在他脑袋上缠的东西都拿掉了。他微笑地看着我，说："我认为你是感到好奇，医生。我说得对吗？"

"非常好奇。"我说，"我很想跟你谈谈。"

我又一次惊愕地看到他耳朵外面长着的那层浓密的黑毛。我从没在其他人身上见过那样的东西。"我还从没有被一个医生盘问过呢。"他说，"但是我答应你。我很高兴与你共进晚餐。"

"我可以在车里等你吗？"

"好的，谢谢。"他说，"我必须洗一洗，把这身脏衣服换掉。"

我告诉他我的车是什么样子，然后说我在外面等他。

十五分钟后，他出来了，穿着一件干净的白棉布袍，光脚上穿着的还是那双凉鞋。很快，我们俩就舒舒服服地坐在一家小餐馆里了，这是我时常光顾的一家餐馆，因为他们做的咖喱饭是全城最好吃的。我用啤酒配我的咖喱饭，伊姆拉特·汗喝的是柠檬汁。

"我不是作家，"我对他说，"我是医生。但如果你把你的故事从头讲给我听，如果你跟我讲讲你是怎么练成了不用眼睛就能看见的神奇本领，我会尽量忠实地把这些都写下来。然后，我也许能让它发表在《英国医学杂志》，甚至一份更有名的杂志上。我本身就是医生，不是一个拿故事去卖钱的作家，所以人们会更倾向于严肃地对待我讲的内容。这会帮助你变得更加出名，是不是？"

"这确实能给我很大帮助。"他说，"但是你为什么想做这件事呢？"

"因为我极度地好奇。"我回答道，"这是唯一的原因。"

伊姆拉特·汗往嘴里送了一口咖喱饭，慢慢地嚼着。然后他说："好吧，朋友。我同意。"

"太棒了！"我喊道，"一吃完饭就去我的公寓，在那里我们详谈，不会有人来打扰。"

我们吃完了饭，我付了账单，然后我开车带着伊姆拉特·汗返回我的公寓。

在客厅里，我拿出纸和铅笔准备做记录。我有一套自己的私人速记法，用来记录病人的病史，只要对方语速不是太快，我就能把他说的大部分内容都记下来。我认为我差不多逐字逐句记下了伊姆拉特·汗那天晚上对我说的一切。下面就是他当时的原话。

"我是印度人，是印度教教徒，"伊姆拉特·汗说，"我于一九〇五年出生在克什米尔州的阿克努尔。我们家很穷，我父亲是铁路上的查票员。我十三岁的时候，一个印度魔术师到我们学校来演出。他的名字我还记得，叫摩尔教授——在印度所有的魔术师都称自己为‘教授’——他变魔术变得很精彩。我完全被吸引住了，我认为那是真正的魔法。我感到一种——怎么说呢——一种强烈的愿望，希望自己也能学会这种魔法，两天以后，我从家里跑了出去，打定主意要去追随我的新偶像摩尔教授。我带走了我的全部积蓄，十四个卢比，还有我身上穿的衣服。我系着一条白腰布，脚上穿着凉鞋。那是一九一八年，我十三岁。

"我打听到摩尔教授去了二百英里外的拉合尔，于是我独自买了一张三等车票，乘火车去找他。到了拉合尔，我找到了教授，他在一场非常廉价的演出中表演他的戏法。我把我对他的崇拜告诉他，提出想给他当助手，他接受了。我的工钱？啊，是的，我的工钱是每天八个铜子。

"教授教我玩九连环的技巧，我的工作就是站在剧院门口的大街上玩九连环，招呼大家进去看演出。

"整整六个星期，我感觉都不错。这比上学强多了。可是我突然发现摩尔教授根本不会真正的魔法，他靠的全是骗术和手法敏捷，这对我来说不亚于一场晴天霹雳。顿时，教授不再是我的偶像。我对自己的工作失去了所有的兴趣，但是，与此同时，我内心产生了一种十分强烈的渴望。我不顾一切地想要弄清真正的魔法，想要发现所谓瑜伽术的奇特力量的奥秘。

"要做到这点，我必须找到一个愿意收我为弟子的修行者。这不是一件容易的事，真正的修行者不是树上长出来的，整个印度都没有几个。而且，他们都是十分狂热的信徒。因此，如果我想成功地找到一位导师，必须假装自己也是个非常虔诚的人。

"其实我并不相信什么宗教。所以，你可以说我的做法带有一点儿欺骗性质。我想获得瑜伽术的本领纯粹是出于自私的原因，我想用这些能力去赢取名望与财富。

"而这是真正的修行者在这个世界上最为鄙视的东西。事实上，真正的修行者相信任何滥用自身本领的修行者都会因暴病而亡。修行者绝不可以当众表演，他必须在绝对私密的地方练习技艺，并把这当成一种宗教仪式，不然就必死无疑。这点我不相信，直到今天也不相信。

"就这样，我开始了寻找一位修行导师的旅程。我离开摩尔教授，去了旁遮普邦一个名叫阿姆利则的城市，在那里加入了一个流动剧团。我在寻求奥秘的同时也必须挣钱糊口。当年我在学校里的业余表演就已经很成功了，所以我就跟着这个剧团在旁遮普邦巡回演出了三年，最后，在我十六岁半的时候，我成了剧团的台柱子。那几年我一直在存钱，一共存下了很大一笔钱，两千个卢比。

"就在那个时候，我听说了一个名叫班纳吉的男人的消息。据说这个班纳吉是印度真正伟大的修行者之一，具有非凡的本领。更重要的是，人们说他还练就了罕见的悬浮能力，就是当他祈祷时，他的整个身体会离开地面，悬在离地十八英寸的半空。

"啊哈，我想，这个人正适合我。这位班纳吉正是我要寻找的人。于是我立刻拿上我的积蓄离开了剧团，去了恒河岸边的利希凯什，人们传说班纳吉就住在那儿。

"我找班纳吉找了整整六个月。他在哪儿呢？在哪儿呢？班纳吉在哪儿？是的，他们说在利希凯什，班纳吉肯定在这个城里待过，但那是一段时间以前，即使当时也没有人看见过他。现在呢？现在班纳吉又去了另一个地方？什么地方呢？哎呀，他们说，这谁能知道呢。谁能知道呢？谁能知道班纳吉这样一个人的行踪呢？他不是过着绝对与世隔绝的生活吗？不是吗？我就说是的——是的、是的、是的。当然，那是很显然的，我也看得出来。

"我为寻找这位班纳吉花光了所有的积蓄，浑身只剩下三十五个卢比了，可还是一无所获。我留在利希凯什，靠着给一些草台班子表演大路货的魔术混饱肚子。那些魔术是我从摩尔教授那里学来的，我天生就有很强的手上功夫。

"后来有一天，我正坐在利希凯什的小旅馆里，突然又听到有人谈到修行者班纳吉。一位旅行者说，他听说班纳吉现在住在丛林里，离这里不太远，丛林十分茂密，他独自一人。

"可是在哪儿呢？

"旅行者也不清楚具体在哪儿。'大概，'他说，'是在那儿，那个方向，在城的北边。'他用一个手指指着。

"好吧，这对我来说就够了。我来到集市上，讨价还价地要雇一辆双轮马车，我跟马车夫的交易刚要谈妥，那个站在旁边听着的男人突然走上前，说他也要往那个方向去。他说，能不能让他跟我同行一段路，分担车费。我当然很高兴，于是我们就出发了，我和那人坐在车里，马车夫赶着马。我们走上了一条直接通往丛林的羊肠小道。

"接着，一件真正无巧不成书的事发生了！我在跟我的同行者聊天时，突然发现他正是那位伟大的班纳吉大师的弟子，此刻正要去拜访他的导师。于是我坦率地告诉他，我也希望成为这位修行者的弟子。

"他转过脸，默默地打量我很长时间，大概有三分钟没有说话。然后他轻声说：'不行，那不可能。'

"好吧，我对自己说，咱们等着瞧。然后我问，班纳吉祈祷时真的能悬空吗？

"'是的。'他说，'那是真的。但是这种事发生时任何人都不许旁观。班纳吉祈祷时，任何人都不许靠近。'

"我们坐着双轮马车又往前走了一段，一直谈论着班纳吉的事，我故意装作漫不经心地提出一些问题，打听到了关于他的许多小事情，比如他每天什么时候开始祈祷。不一会儿，那人说：'我要跟你告辞了。我在这里下车。'

"我让他下车，然后假装坐车又往前走了一段，到了拐弯的地方，我叫马车夫停下来等着。我迅速跳下车，顺着小路悄悄往回走，寻找那个人，那个班纳吉的弟子。他不在路上，已经消失在丛林里了。他往哪儿去了呢？在路的哪一边呢？我一动不动地站着，侧耳细听。

"我听到灌木丛里传来一种沙沙的声音。肯定是他，我对自己说。如果不是他，那就是一只老虎。果然是他。我看见他在前面，正穿过茂密的丛林往前走。他走的地方连小径都没有，必须在高高的竹子和各种密不透风的植物间费力地穿行。我悄悄地跟着他，跟他保持着大约一百码的距离，因为担心他会听见我的动静。他的声音我听得很清楚，在这极度茂密的丛林里穿行，不发出响声是根本不可能的，大多数时候我都看不见他，却能循着他的声音跟过去。

"这场紧张的跟踪游戏持续了大约半小时。突然，我再也听不见前面那人的声音了。我停下来细听，丛林里一片寂静。我担心可能把他给跟丢了，我又悄悄往前走了一点儿。突然，我透过茂密的灌木丛看见前面有一小块空地，空地中央有两间茅草屋，是用丛林里的树叶和树枝搭的小草棚。我心跳加速，兴奋得热血沸腾，因为我知道，这肯定就是修行者班纳吉的地方。

"那个弟子已经不见了。他肯定进了一间茅草屋。四下里静悄悄的。于是我格外仔细地打量周围的树、灌木和其他东西。离我较近的那个茅草屋旁有个小水坑，我看见水坑边上有一个蒲团，于是我就对自己说，这是班纳吉冥想和祈祷的地方。离这个水坑不远，在不到三十码开外，有一棵大树，一棵枝繁叶茂的大猴面包树，漂亮粗壮的树枝遮天蔽日，你可以把一张床放在上面，自己躺在床上，也不会被下面的人看见。那棵树归我了，我对自己说。我可以藏在那棵树上，等待班纳吉出来祈祷。然后我就能把什么都看在眼里了。

"可是那个弟子告诉我，祈祷要到傍晚五六点钟才开始，所以我要等好几个小时。于是我立刻顺着原路穿过丛林，回到路上，对马车夫说话。我告诉他，他也必须等着。这样我就得多付他钱，但是没关系，因为我心情太激动了，一时间什么也不在乎，连钱都无所谓了。

"我在马车旁边等着，熬过了正午丛林的酷热，又熬过了下午闷热的湿气，然后，将近五点钟时，我悄悄返回丛林里的那间茅草屋，当时心跳得那么快，我感觉到我的全身都跟着发颤。我爬上我选中的那棵树，小心翼翼地藏在树叶间，我能看见别人，但别人看不见我。我就在树上等着，一等就是四十五分钟。

"手表？是的，我戴着一块手表。我记得很清楚。那是我有一次抽奖抽到的，当时我还感到挺得意。我的表盘上刻着制造商的名字，卢迪亚纳的伊斯拉米亚制表公司。我戴着手表，留意着把每件事发生的时间都记了下来，因为我想记住这段经历的每一个具体细节。

"我坐在树上，等待着。

"突然，一个男人从茅草屋里走了出来。他又高又瘦，围着一条橘黄色的腰布，端着一个托盘，里面放着铜锅和香炉。他走过来，盘腿坐在水坑旁的蒲团上，把托盘放在面前的地上，他的一举一动似乎都有一种说不出的宁静和安详。他探过身，从坑里掬了一捧水，洒在自己的肩后。他拿起香炉，在胸口前后移动了几下，动作十分缓慢、温和、流畅。他把两个手掌抚在膝盖上，他顿了顿，用鼻孔深深吸了口气。我可以看到他在做深呼吸，突然，我看到他的脸在变化，他的整个脸上焕发出一种光芒，好像……怎么说呢，好像他的皮肤在发光，我能看到他的脸在变化。

"整整十四分钟，他一动不动地保持那个姿势，我一直看着他，然后我看见，我真真切切地看见，他的身体慢慢地……慢慢地……慢慢地从地面升起。他仍然盘腿坐着，两个手掌放在膝盖上，整个身体慢慢地离开地面，升到空中。我能看到他身体下面的天光。他悬空坐着，离地面十二英寸……十五英寸……十八英寸……二十英寸……不一会儿，他已离开蒲团至少两英尺了。

"我一动不动地藏在树上，注视着这一切，不住地对自己说，好好看仔细了。就在你的眼前，在三十码开外，有一个男人无比宁静地悬空坐在那儿。你看见他了吗？是的，我看见了。但你能保证这不是幻觉吗？你能保证这不是骗局吗？你能保证这不是你幻想出来的吗？你能保证吗？是的，我能保证。我说，我能保证。我目不转睛地盯着他，暗自惊叹。我盯着他看了很长时间，然后那身体又慢慢地落回地面。我看见他落下来，我看见他轻轻地落下来，缓缓地落下来，越来越靠近地面，最后他的臀部又坐回到蒲团上。

"从我的表上看，他的身体悬空了四十六分钟！我算出了时间。

"然后，那人绝对静止地坐着，像一个石头人，全身纹丝不动，坐了很长时间，足有两个多小时。在我看来，他似乎连呼吸都停止了。他的眼睛闭着，脸上仍然有那种光芒，而且微微含着笑意，此后我再也没有在另一张脸上见到过那种神态。

"最后，他动了。他移动双手，站了起来。他又弯下腰，拿起托盘，慢慢地走进了茅草屋。我惊讶不已，我感到无比激动，我把谨慎完全抛到了脑后，迅速从树上爬下来，直接跑向茅草屋，一头冲进门去。班纳吉正弯着腰，在一个盆里洗脚洗手。他背对着我，但听见了我的声音，他立刻转过身，挺直了腰。他露出十分惊讶的表情，说出口的第一句话是：'你在这里多长时间了?'他口气严厉，似乎很不高兴。

"我立刻把实话全告诉了他，我怎么藏在树上，怎么注视着他，最后我对他说，我这辈子别无所求，只想成为他的弟子。他能不能行行好，让我成为他的弟子呢?

"他似乎勃然大怒。他满脸怒气，开始冲我叫嚷。'滚出去!'他喊道，'滚出去! 滚! 滚! 滚!'他气极了，拿起一块小砖头朝我砸来，砖头打中了我右腿的膝盖下面，擦破了皮肉，现在还留着伤疤呢。我可以给你看看。喏，看见了吗，就在膝盖下面。

"班纳吉的脾气非常可怕，我完全被吓坏了。我转身逃跑，穿过丛林，跑回到马车夫等我的地方，我们一起返回了利希凯什，但是那天夜里我又恢复了勇气。我暗暗做出了一个决定：我每天都要回到班纳吉的茅草屋，反复不断地央求他，直到他最后为了使自己得到一些清静而不得不收我为弟子。

"我就是这么做的。每天都去看他，每天他都冲我大发脾气，像火山爆发似的，又叫又嚷，我站在那里，虽然害怕，但很倔强，一遍遍对他重复我想成为一名弟子的愿望。就这样过了五天。突然，在我第六次拜访他时，班纳吉似乎变得心平气和，很有礼貌。他解释说，他自己不能收我为弟子，但他会给我一张字条。他说，是写给另一个人的，那人住在哈德沃，是他的朋友，一位了不起的修行者。我去了那儿就能得到帮助和指导。"

伊姆拉特·汗停住话头，问我能不能让他喝一杯水。我把水给他端来。他慢慢地喝了一大口，继续讲他的故事："那时是一九二二年，我快满十七岁了。于是我就去了哈德沃。我找到了那位修行者，因为我身上带着伟大的班纳吉的信，他就答应了给我授课。

"授课的内容是什么呢？

"不用说，这是整个事情最关键的部分，是我一直以来孜孜以求的，所以你可以相信我是一个非常努力的学生。

"授课的第一个内容，也是最基本的一个部分，是要做一些难度极大的身体训练，都跟肌肉控制和呼吸有关。这样训练了几个星期之后，就连最努力的学生也会变得不耐烦。我告诉修行者，我想锻炼的是我的精神力量，不是身体能力。

"他回答道：'如果你能学会控制你的身体，那么控制你的精神就会成为一件很自然的事。'但是我两样都想得到，就不停地问他，最后他说：'好吧，我让你做一些练习，帮助你集中显意识。'

"'显意识？'我问，'你为什么说显意识？'

"'因为每个人都有两种意识，显意识和潜意识。潜意识是高度集中的，而我们每个人所使用的显意识是分散的、不集中的。它涉及成千上万不同的东西，包括你在周围看见的东西，你脑子里所想的东西。因此，你必须学会让显意识高度集中，使自己能随意地想象一件东西，只是一件东西，绝对没有其他。如果你在这方面刻苦练习，就能把你的意识，你的显意识，集中在你挑选的任何一件东西上至少三分半钟。不过那大约要花十五年。'

"'十五年！'我喊道。

"'也许还要更久。'他说，'十五年是正常的时间。'

"'可是到那时我已经成老人了！'

"'不要灰心。'修行者说，'不同的人所用的时间不一样。有人只用十年，还有少数人用时更少，在极为罕见的情况下，会出现一个不同凡响的人，他只用一两年就能掌握那种能力。但那只是百万分之一。'

"'那些与众不同的人是谁？'我问，'他们的样子跟别人不同吗？'

"'样子没什么不同。'他说，'与众不同的人可能是个卑微的扫马路的，或者是个工厂的工人，也可能是一位王公。在训练开始前根本看不出来。'

"'把意识集中在一件东西上三分半钟，'我问，'真的有这么难吗？'

"'几乎是不可能做到的。'他回答道，'你试试看吧。闭上眼睛，想一件东西，只想一件东西。幻想它的样子，让它在你眼前浮现。几秒钟后，你的意识就开始飘移，其他的小思绪就会溜进来，其他的想象就会涌入你的脑海。这是一件非常困难的事情。'

"哈德沃的修行者这么说。

"我真正的训练开始了。每天晚上,我坐下来,闭上眼睛,幻想我最爱的那个人——我哥哥——的脸。一旦我的意识开始飘移,我就停止训练,歇几分钟,然后再开始。

"经过三年的每日训练,我能把意识完全集中在我哥哥的脸上长达一分半钟。我在进步。但是一件有趣的事情发生了,我在做这些训练的过程中,彻底丧失了我的嗅觉,直到今天也没有恢复。

"后来,因为要挣钱养活自己,我不得不离开了哈德沃。我去了机会更多的加尔各答,很快就靠表演魔术挣了不少钱。但是我一直坚持训练,我不管在哪里,每天晚上都会坐在一个安静的角落里,训练自己集中意识幻想我哥哥的脸。有时候,我会挑选一个比较中性的东西,比如一个橘子或一副眼镜,那个难度就更大了。

"有一天,我从加尔各答到东孟加拉的达卡,去给那里的一所学院表演魔术。我在达卡期间,碰巧去看了一场火上行走的示范表演。当时有许多人在那观看,一个草坡的底部挖了一条大沟,好几百名观众坐在草坡上看着下面的那条沟。

"沟大约二十五英尺长。里面堆满了木头、柴火和煤炭,上面又浇了大量的锡镴。锡镴被点燃了,片刻之后,整个沟变成了一个通红的、熊熊燃烧的火炉。火势太旺了,拨火的那些人不得不戴上了防护眼镜。当时还刮着大风,风助火势,煤炭几乎达到白热化。

"这时,那个印度走火者出来了。他全身只系着一条窄窄的缠腰布，光着双脚。人群安静下来，走火者进入沟里，脚踩着白热化的煤炭，从沟的这头走到那头。他没有停，脚步也不匆忙。他只是从白热化的煤炭上走过，从沟的另一头出来，双脚一点儿也没被灼伤。他把脚底亮给观众看，人们吃惊地瞪大了眼睛。

"走火者又在沟里走了一趟。这次走得更慢了，他走火的时候，我在他的脸上看到了一种纯粹的、绝对专注的神情。这个人，我对自己说，练过瑜伽。他是一位修行者。

"表演结束后，走火者大声对人群喊话，问是否有人敢下去在火上走一趟。人群里一片寂静。我内心突然感到一阵兴奋，这是我的机会，我必须抓住，我必须有信念和勇气，我必须去试一试。这三年多来，我一直在训练集中注意力，现在到了给自己一个严峻考验的时候。

"我正站在那里想着这些念头，人群里走出了一个自愿尝试的人。是一个年轻的印度男人，他宣称自己想试一试火上行走。这使我断然做出决定，于是我也走上前，自告奋勇要走火。观众们为我们俩喝彩。

"这时，那个真正的走火者就成了监督人。他叫另外那个男人先走，他吩咐那人脱掉缠腰布。不然的话，他说，缠腰布的边缘会被火点着。脚上的凉鞋也必须脱掉。

"那个年轻的印度人照吩咐做了。现在他已站在沟边，能感觉到沟里散发出的可怕的热浪，他开始显出害怕的样子。他退后几步，用双手护住眼睛，抵挡热浪。

"'你如果不想走，就没有必要走。'真正的走火者说道。

"人群等待着，注视着，知道有好戏看了。

"年轻人吓得魂飞魄散，但是他想证明自己的勇敢，他说：'我当然要走。'

"说完，他朝那条沟跑去。他迈进去一只脚，又迈进去一只脚。他发出一声可怕的惨叫，一下子跳出来，跌倒在地上，那个可怜的人躺在地上疼得尖叫。他的脚底被严重烧伤，有几处皮肤都被烧掉了。他的两个朋友跑上去把他抬走了。

"'现在轮到你了。'走火者说，'你准备好了吗？'

"'准备好了。'我说，'但在我做预备时，请保持安静。'

"人群里顿时一片沉寂。他们刚看见一个人被严重烧伤。难道这第二个人疯了，还要去做同样的事情吗？

"人群里有人喊道：'别这么做！你肯定疯了！'其他人也跟着喊了起来，都叫我放弃。我转身面对他们，举起双手叫他们安静。他们不再叫嚷，都盯着我，在场的每只眼睛都盯在我身上。

"我感到出奇的平静。

"我把缠腰布从头顶上取下来。我脱掉了凉鞋。我站在那里，身上只穿着内裤。我一动不动地站着，闭上眼睛。我开始集中意念，我把意识集中在火上，除了白热化的煤炭我看不见别的，我集中意念去想煤炭不是烫的，而是凉的。煤炭是凉的，我告诉自己。不会把我烧伤，不可能把我烧伤，因为它们没有丝毫的热量。我让时间过去半分钟。我知道我不能等得太久，因为我在对一件东西上完全集中意念只能持续一分半钟。

"我继续集中意念。我实在太专注了，进入了一种类似恍惚的状态。我一只脚踩在煤炭上，接着，我以较快的速度走过了整条沟。看啊，我没有被烧伤！

"人群沸腾了，他们大呼小叫。原先的那个走火者冲到我身边，查看我的脚底。他无法相信自己的眼睛，我的脚底没有一点儿被灼伤的痕迹。

"'哎呀！'他喊道，'怎么回事？你是一位修行者？'

"'我正在修炼，先生。'我骄傲地回答，'我正在努力修炼。'

"然后，我穿好衣服，避开人群，迅速离开了。

"不用说，我感到很兴奋。'我终于得道了。'我说，'我终于开始有那种能力了。'与此同时，我一直没有忘记另一件事。我一直记得哈德沃的那位老修行者对我说过的话。他说：'据说，某些圣人的专注力修炼得出神入化，他们能不用眼睛看东西。'这句话总在我耳畔回响，我渴望自己也拥有这样的本领。那次火上行走成功之后，我决定把所有的意念都集中于这一个目标——不用眼睛看东西。"

伊姆拉特·汗叙述着他的故事，这时第二次打住话头。他又喝了一口水，然后靠回到椅子上，闭上了双眼。

"我想按顺序把事情原原本本地讲出来。"他说，"我什么也不想漏掉。"

"你讲得很好。"我对他说，"请继续。"

"好的。"他说，"我当时仍在加尔各答，在火上行走获得成功后，我决定把所有的精力集中于一件事：不用眼睛看东西。

"这样我就需要对训练做一些细微的修改。每天晚上我都点亮一根蜡烛，开始凝视火苗。你知道，蜡烛的火苗有三个不同部分，顶上是黄色，下面是淡紫色，芯子里是黑色。我把蜡烛放在离我脸十六英寸的地方，火苗与我的眼睛绝对平行，千万不能高也不能低，必须绝对在一个水平线上，那样我就不用为了往上看或往下看而对眼部肌肉做哪怕最细微的调整。我舒舒服服地坐好，开始凝视火苗中间的黑色部分。这一切只是为了集中我的显意识，排除周围的一切对我意识的干扰。我专注地盯着火苗里的黑点，直到周围的一切全都消失，我再也看不到别的东西。然后我慢慢地闭上眼睛，开始像平日一样把意识集中于我选择的一件东西上，你知道，那通常是我哥哥的脸。

　　"我每天晚上睡觉前都做这件事，到了一九二九年，我二十四岁时，就能把意念集中于一件东西三分钟而不走神了。也就在那个时候，在我二十四岁的那一年，我开始意识到一种轻微的能力：我闭着眼睛也能隐约看到一件东西。这是一种很轻微的能力，只是隐隐有些异样的感觉，当我闭上眼睛，高度集中意念，用力凝视某件东西时，能看见我凝视的那件东西的轮廓。

　　"慢慢地，我开始修炼我的内在视觉。

　　"你问我这是什么意思。我给你的解释跟哈德沃的修行者给我的解释一样。

　　"你知道吗，我们每个人都有两种视觉，就像我们有两种嗅觉、味觉和听觉一样。我们有外在感觉，那是我们都在使用的高度发达的感觉，同时我们还有内在感觉。只要我们修炼自己的这些内在感觉，那就不用鼻子也能闻到气味，不用舌头也能品尝味道，不用耳朵也能听见声音，不用眼睛也能看到东西。你理解了吗？你难道不明白我们的鼻子、舌头、耳朵和眼睛只是……我该怎么说呢？……只是协助把感觉传递给大脑的工具吗？

"就这样，我一直在刻苦修炼我的内在视觉。我每天晚上都用蜡烛火苗和我哥哥的脸进行常规训练。之后我休息一会儿，喝一杯咖啡。然后蒙住自己的眼睛，坐在椅子上，努力地去幻视、去看见，不只是想象，而是真正不用眼睛就看见房间里的每一件东西。

"渐渐地，成功开始来临。

"很快，我就开始用一副扑克牌来训练了。我从一摞牌的顶上拿一张，背面对着我举在面前，努力去透视它。我用一支铅笔把我认为的点数写下来。我再拿起一张牌，如法炮制。我就这样拿完了整副牌，然后对照身边的那摞牌检查我写下的点数。我几乎获得了百分之六七十的成功。

"我还做了别的事情。我买了一些地图和复杂的导航图，把它们钉在我房间的各处。我蒙上眼睛盯着它们，一盯就是几个小时，努力去看它们，努力去辨读那些小字印刷的地名和河流。在接下来的四年里，我每天晚上都进行这种训练。

"到了一九三三年——也就是去年——我二十八岁的时候，能够读一本书了。我可以完全蒙住眼睛，把一本书从头读到尾。

"我终于拥有了这种能力。我肯定已经掌握了它，于是我立刻在平常的魔术表演中加上了蒙眼的节目，因为我实在没有耐心再等待了。

"观众们特别喜欢，他们长时间地拼命鼓掌，但是没有一个人相信这是真的，大家都以为这又是一个巧妙的戏法。我本身是个魔术师，这使他们更相信我是在玩骗术。魔术师就是变戏法的人，他们靠狡猾的技法骗人。因此没有一个人相信我，就连那些用最专业的方法给我蒙眼睛的医生，也不肯相信有人不用眼睛也能看见。他们忘记了还有别的途径把图像传递给大脑。"

"什么别的途径？"我问他。

"说实在的，我也不知道我是怎么不用眼睛就能看见的。但是我知道一点：我的眼睛被蒙住时，我根本就不使用它们。我是通过身体的另一个部分看见的。"

"哪一个部分？"我问他。

"任何一个部分，只要皮肤露在外面就行。比如，如果你把一块钢板放在我面前，把一本书放在钢板后面，我肯定是没法读书的。但如果你允许我把一只手绕过钢板，让那只手看见书，我就能读书了。"

"这一点我能给你做个测试吗？"我问。

"没问题。"他回答。

"我没有钢板。"我说，"但是门也一样管用。"

我站起身，走到书架前。我抽出了手边的第一本书，是《爱丽丝漫游奇境》。我打开房门，请这位访客站在门后，不让我看见。我随意翻开书，把它竖在房门这边的一把椅子上。然后我站在一个既能看见他也能看见的位置。

"你能读那本书吗？"我问他。

"不能，"他回答道，"当然不能。"

"好吧。现在你可以把一只手绕过房门，但只有那只手。"

他把一只手从门边伸出来，伸到能看见那本书的位置。我注视着那只手的手指分开，张得大大的，开始微微颤抖，像昆虫的触须一样感受着空气。然后手掌翻转，让手背对着那本书。

"从左边那页的顶上开始读。"我说。

沉默了大约十秒钟后，他开始流畅地、不间断地读道："'你猜出那个谜语了吗？'疯帽子说，又把头转向爱丽丝。'没有，我放弃了。'爱丽丝回答，'答案是什么？''我不知道。'疯帽子说。'我也不知道。'兔子说。爱丽丝无奈地叹了口气。'我认为你们应该做点儿更有意思的事情，'她说，'而不是浪费时间问一些没有答案的谜语……'"

"一点儿不错！"我喊道，"现在我相信你了！你是个奇迹！"我激动得无以复加。

"谢谢你，医生。"他严肃地说，"你的话带给我极大的喜悦。"

"有一个问题。"我说，"是关于扑克牌的。你举起一张反着的扑克牌时，是否把手伸到另一边去帮助你读牌呢？"

"你的观察很敏锐。"他说，"不，没有。对于扑克牌，我真的能用某种方式透视它们。"

"这怎么解释呢？"我问。

"我没法解释。"他说，"也许一张牌太轻巧了，它那么薄，不像钢板这么坚固，也不像门这么厚。这就是我能提供的解释。医生，这个世界上有许多我们无法解释的事情。"

"是的，"我说，"确实如此。"

"能否麻烦你现在送我回家？"他说，"我感到很累。"

于是我开车送他回家。

那天夜里我没有睡觉。我太兴奋了，根本无法入眠。我目睹了一个奇迹。这个人会让全世界的医生都在空中翻筋斗！他能彻底改变整个医疗行业！从一个医生的角度来看，他绝对是如今在世的最有价值的人！作为医生，我们必须抓住他，保证他的安全。我们必须密切关照他，千万不能把他放走。我们必须弄清楚一个图像究竟是怎样不通过眼睛传递到大脑的。如果能做到这点，说不定盲人也能看见，聋人也能听到了。更重要的是，对这个不可思议的奇人绝不能不闻不问，任由他在印度游荡，住廉价的房屋，在二流剧团里表演戏法。

想到这点，我激动得难以自抑，过了片刻，我抓起一个笔记本和一支钢笔，开始十分仔细地把伊姆拉特·汗那天晚上跟我说的一切都记下来。我用他讲述时我做的笔记，一刻不停地写了五个小时。第二天早晨八点我要去医院上班时，终于把最主要的部分都写完了，就是你刚才读到的这些。

那天上午在医院里，我没有见到马歇尔医生，直到茶歇的时候才在医生休息室里跟他碰面。

在那仅有的十分钟里，我把情况尽量都跟他说了。"我今晚还要去那家剧院。"我说，"我必须再跟他谈谈。我必须劝他留在这里。现在我们千万不能失去他了。"

"我和你一起去。"马歇尔医生说。

"好的。"我说，"我们先看演出，然后带他出去吃晚饭。"

那天晚上七点差一刻，我开车带马歇尔医生去了金合欢街。我把车停好，我们俩朝皇宫大厅走去。

"好像有点儿不对劲。"我说，"人都到哪儿去了？"

大厅外面没有人群，而且大门紧闭。演出的海报还在，但我看到上面有用黑色涂料写的一行大字：今晚演出取消。锁着的门旁站着一位年迈的看门人。

"出了什么事？"我问他。

"有人死了。"他说。

"谁？"我问，其实心里已经知道了。

"那个不用眼睛能看见的奇人。"看门人回答。

"怎么死的？"我喊道，"什么时候？在哪儿？"

"他们说他死在了床上。"看门人说，"他睡着了就再也没有醒来。这种事情倒是常有。"

我们慢慢地走回汽车旁。我感到一种令人窒息的难过和愤怒。前一天晚上我千不该万不该把这个宝贵的男人放走。我应该留下他，我应该把自己的床让给他睡，好好地照顾他，我不应该让他离开我的视线。伊姆拉特·汗是一个奇迹创造者。他跟凡人无法企及的神秘而危险的力量有了交流，而且他打破了所有的规则，他当众表演了奇迹，他还靠这个挣了钱。最糟糕的是，他把其中一些秘密告诉了一个外人——我。现在他死了。

"就这样了。"马歇尔医生说。

"是啊，"我说，"一切都完了。再也不会有人知道他是怎么做到的。"

以上就是我与伊姆拉特·汗两次见面的全部经过的真实而准确的记录。

约翰·卡特赖特医生签名
孟买，一九三四年十二月四日

"哎呀，哎呀，哎呀。"亨利·休格说，"真是太有意思了。"

他合上练习本，坐在那里凝视着大雨哗哗地冲刷藏书室的窗户。

"这是一个十分重要的信息。"亨利·休格继续大声对自己说，"它能改变我的生活。"

亨利所说的重要信息，就是伊姆拉特·汗曾经训练自己从背面读出扑克牌的点数。亨利作为赌棍，作为一个爱耍老千的赌棍，立刻就意识到，如果他能训练自己做到这一点，准保能大发横财。

一时间，亨利放任自己去想象如果他能从背面读出牌数可以去做多少美妙的事情。不管是卡纳斯塔、桥牌还是扑克，他每一局都保证能赢。更过瘾的是，他不管走进世界上的哪家赌场，不管是二十一点还是他们玩的其他高能纸牌游戏，他都能尽数通吃！

亨利知道得很清楚，在赌场里，最后的胜负都取决于一张牌的翻开，所以，如果预先知道那张牌的点数，就能稳操胜券！

可是他能行吗？他真的能让自己练就这个本事吗？

他认为没有什么不行。蜡烛火苗那件事似乎并不是特别难。根据那个本子上写的，似乎很容易操作——只要盯着火苗的中心，把意念集中于你最爱的那个人的脸。

他可能要花好几年的时间才能练成，但是，只要每次走进赌场都能大获全胜，世界上有谁不愿意花几年时间来训练呢？

"天呐。"他大声说，"我要把它拿下！我必须把它拿下！"

他一动不动地坐在藏书室的扶手椅上，制订了一个行动计划。首先，他不能把自己的打算告诉任何人。他要把小本子从藏书室偷走，这样他的那些朋友就不会无意间看到它，得知这个秘密。他不管走到哪儿都要随身带着这个本子，这将成为他的"圣经"。他不可能去找到一位真正的修行者来给他指点迷津，所以这个本子就是他的修行者。这个本子就是他的导师。

亨利站起身，把蓝色小本子塞进上衣里面。他走出藏书室，直接上楼来到他们安排他过周末的那间卧室。他拿出自己的行李箱，把本子藏在衣服下面。然后他又走下楼，找到了在食品储藏间里的管家。

"约翰，"他对男管家说，"你能给我找一根蜡烛吗？普通的白蜡烛就行。"

管家们都训练有素，从不追问原因。他们只是服从命令。"烛台也要吗，先生？"

"是的。一根蜡烛和一个烛台。"

"好的，先生。我给你送到房间里吗？"

"不用。我就在这里等着。"

男管家很快就找来了一根蜡烛和一个烛台。亨利说："现在，你能给我找一把尺子吗？"男管家找来了尺子。亨利谢过他，回到自己的卧室。

一进卧室，他就把门反锁，把窗帘都拉上，使屋里变得十分昏暗。他把插着蜡烛的烛台放在梳妆台上，然后拉过一把椅子。坐定之后，他满意地发现他的双眼跟烛芯正好在一个水平线上。接着，他用尺子量了量，让自己的脸距离蜡烛十六英寸，这是本子上规定的。

那个印度人幻视出他最爱的人的脸，那是他的一位兄弟。亨利没有兄弟。他决定幻视出自己的脸。这是一个不错的选择，如果你像亨利一样自私和以自我为中心，那么你自己的脸无疑就是你最爱的那个人的脸。而且，这张脸也是他最熟悉的。他花了那么多时间照镜子看它，对它的每一个细节和皱纹都烂熟于心。

他用打火机点亮烛芯。一朵黄色的火苗出现了，稳稳地燃烧着。

亨利正襟危坐，凝视着蜡烛的火苗。本子上说得对，如果你仔细看的话，会发现火苗确实分为三个部分：外面是黄色的，里面是淡紫色，火苗正中间就是那一小块神奇的纯黑色。他盯着那个黑色的小点，把目光聚焦于此，目不转睛地盯着。这时，一件奇特的事情发生了，他的思绪变得完全空白，大脑不再四处游走。突然间，他感到自己，自己的整个身体，真的都被包裹在火苗里，舒服自在地坐在那一小片黑色的虚无地带。

亨利毫不费劲地让自己的脸慢慢浮现在眼前，他把注意力完完全全集中在那张脸上，屏蔽了所有的杂念。他十分成功地做到了这点，然而只持续了大约十五秒。接着他的思绪开始飘移，他发现自己在想赌场，在想自己能赢到多少钱。这时他便把目光从蜡烛上移开，让自己休息一下。

这是他的第一次尝试。他感到十分兴奋，他做到了。诚然，他没有坚持很长时间，但那个印度人第一次训练时也是这样。

几分钟后，他又试了一次。非常顺利。他没有用秒表给自己计时，但他感觉肯定比第一次时间长。

"太厉害了！"他喊道，"我会成功的！我能办到的！"他有生以来从未因什么事这么兴奋过。

从那天起，亨利不管在什么地方，在做什么，每天早晨和每天晚上都坚持用蜡烛训练，中午他也经常训练。他这辈子第一次带着真正的热情投入到一件事中，他取得的进步是惊人的。六个月后，他就能把意念集中于自己的脸足足三分钟，不让一丝杂念进入脑海。

哈德沃的修行者曾经告诉那个印度人，一个人要训练十五年才能达到这样的效果！

可是慢着！那个修行者还说了别的话。他说（这时亨利急切地查看了一下蓝色小练习本，他已经是第一百次这么做了），他说在极其罕见的情况下，会出现一个与众不同的人，只用一两年时间就能练成这种本领。

"那就是我！"亨利喊道，"那肯定就是我！我就是那个百万分之一，天赋异禀，能以惊人的速度掌握瑜伽术！乌拉，万岁！过不了多久，我就能在欧洲和美国的每一家赌场里把庄家的钱都赢光了！"

但是这个时候，亨利表现出了不同寻常的耐心与理智。他没有匆匆地拿出一副牌，看自己能否从背面读取牌数。事实上，他远远避开了各种牌局。当他开始用蜡烛训练时，他就放弃了桥牌、卡纳斯塔和扑克。而且，他也不再跟那些有钱的朋友一起去派对和周末聚会寻欢作乐。他一门心思只有一个目标：掌握瑜伽术，其他的一切都必须等他成功之后再说。

第十个月的时候，亨利就像之前的伊姆拉特·汗一样，发现自己有了一种微弱的能力：闭着眼睛也能看见一件东西。当他闭上眼睛，集中全部的注意力，使劲凝视某件东西时，他真的能看见那件东西的轮廓。

"我掌握了！"他喊道，"我做到了！太神奇了！"

现在他的蜡烛训练比以前更刻苦了，第一年快结束时，他竟然能把注意力集中在自己脸上长达五分半钟！

这个时候，他认为可以拿牌来检测一下自己了。他做出这个决定时正在伦敦寓所的客厅里，时间已近午夜。他拿出一副牌，还拿出了纸和一支铅笔。他激动得浑身发抖。他把牌反扣着放在面前，然后把注意力集中在最上面那张牌上。

一开始，他只能看见牌背后的图案。图案十分普通，由细细的红线条构成，是世界上最常见的扑克牌图案。然后他把注意力从图案移到了牌的另一面。他拼命集中注意力，聚焦于牌被压住的、看不见的那一面，他不允许任何一丝杂念进入自己的大脑。三十秒钟过去了。

然后是一分钟……

两分钟……

三分钟……

亨利没有动弹。他全神贯注，注意力高度集中。他在幻视牌的另一面，任何不相干的杂念都不允许进入他的大脑。

在第四分钟时，一件事情开始发生了。慢慢地、神奇而十分清晰地，那些黑色符号变成了黑桃，黑桃旁边出现了数字5。

黑桃5！

亨利切断了注意力。他用颤抖的手指拿起那张牌，把它翻了过来。

果然是黑桃5！

"我做到了！"他大声喊道，从椅子上跳了起来，"我看穿了它！我掌握了！"

他休息了一会儿，继续再试，这次用一只秒表计算自己花了多长时间。在三分五十八秒后，他读出这张牌是方片K。完全正确！

接下来他又读对了，这次用了三分五十四秒，比刚才少了四秒。

他因为兴奋和疲惫而全身冒汗。"今天就到这儿吧。"他对自己说。他起身倒了一大杯威士忌，坐下来休息，为自己的成功而欣喜若狂。

他告诉自己，他现在的工作就是用扑克牌不断地练习，练习再练习，直到能立刻把牌看穿。他相信这点能够做到，他第二次尝试时就少用了四秒钟。他准备不再训练凝视蜡烛，而把注意力完全集中到扑克牌上。他要夜以继日地练习。

他确实是这么做的。现在他已经感觉到成功在望，变得比以前更狂热了。除了购买食物和饮料，他从不离开自己的寓所。他从早到晚摆弄扑克牌，手边放着秒表，努力削减他从背面读牌所用的时间，时常熬到深夜。

在一个月内，他把时间减到了一分半。

他全神贯注地训练六个月后，把时间控制在了二十秒。但是那也太长了。在赌场里赌钱，发牌员等你表态是否要下一张牌时，是不会允许你盯着牌看上二十秒再做决定的。三四秒钟是可以的，不会再多。

亨利继续训练。可是从现在起，提高速度变得越来越难了。他苦苦训练了一个星期，才从二十秒减到了十九秒。从十九秒减到十八秒花了他将近两星期。而他能用十秒钟读出一张牌，已经是七个月之后的事了。

他的目标是四秒。他知道，除非他能在最多四秒钟内读出一张牌，不然是不可能在赌场获得成功的。然而，离目标越近，难度越大。他花了四星期把时间从十秒降到九秒，又花了五星期从九秒降到八秒。不过到了这个阶段，刻苦训练对他来说已不在话下。他的专注力已经登峰造极，能够毫不费力地连续训练十二个小时。他百分之百相信自己最终能达到目标，他不达目的不罢休。日复一日，夜复一夜，他埋头摆弄扑克牌，手边放着秒表，以超强的毅力从他的时间里减去那顽固的最后几秒。

最后三秒的难度最大。为了从七秒减到他的目标时间四秒，他用了整整十一个月！

重要的一刻在一个星期六晚上来临了。一张牌倒扣着放在他面前的桌上。他按下秒表，开始全神贯注。他立刻就看到一团红色，那团红色迅速有了形状，变成一个方块。随即，几乎就在同时，一个数字6出现在左上角。他又按下秒表，查看了一下时间。四秒！他把牌翻过来。果然是方片6！他成功了！他用四秒钟读出了牌数！

他换了张牌又试了一次。他在四秒钟内读出了黑桃Q。他继续读完了整副牌，每张牌都给自己计时。四秒！四秒！四秒！每次都是四秒。他终于做到了！训练已经结束。他准备迎战了！

他用了多久做到这点的呢？他全力以赴地训练了整整三年零三个月。

现在可以去赌场了！

什么时候开始？

何不就在今晚？

今晚是星期六。所有的赌场在星期六晚上都人头攒动。这样更好。这样他就不会显得引人注目。他走进卧室，换上了晚礼服和黑领带。在伦敦的大赌场里，星期六晚上是要穿正装的。

他决定去爵士府。伦敦共有一百多家合法的赌场，但没有一家是对一般公众开放的，你必须成为会员才有资格进入。亨利是其中至少十家的会员，爵士府是他最喜欢去的。那是全国最华丽、档次最高的赌场。

爵士府是伦敦市中心一座非常华贵的乔治王朝风格的豪宅，已有二百多年历史，曾是一位公爵的私人住宅。现在它已被博彩庄家们占据，在那些天花板很高的气派房间里，曾有昔日的贵族，经常还有王室，聚在这里玩无伤大雅的惠斯特牌，如今里面挤满了截然不同的人，玩的也是截然不同的游戏。

亨利驱车来到爵士府，把车停在豪华的大门外。他下了车，让发动机空转着。立刻就有一个穿绿色制服的侍者走上前，替他去泊车。

街道两侧的路边停着大约十几辆劳斯莱斯。只有腰缠万贯者才能成为爵士府的会员。

"哎呀，你好，休格先生！"接待台后面的人说，他从不会忘记任何一张面孔，"许多年没有见到你了！"

"一直在忙。"亨利回答。

他走上带有红木雕花栏杆的、气派宽敞的楼梯，进入出纳室。他在那里开出一张一千英镑的支票，出纳员给了他十块粉红色的长方形大塑料牌，每块牌子上印着一百镑。亨利把它们塞进口袋，花了几分钟在各个游戏室闲逛，他离开了这么久，需要重新找回一点儿感觉。今晚这里人很多，营养充足的女人们站在轮盘赌周围，活像一只只胖胖的母鸡围在饲料箱旁。她们胸前和手腕上挂着珠宝和金饰，许多人都染着蓝色的头发。男人们穿着晚礼服，没有一个高个子。亨利不由得纳闷，为什么这一类富人都是小短腿呢？他们的腿似乎只到膝盖，上面没有大腿。大多数人都挺着鼓鼓的肚腩，红头涨脸，嘴里叼着雪茄，眼睛里闪着贪婪的光。

这些亨利都注意到了。这是他有生以来第一次以厌恶的目光打量赌场里的这一类富人。在此之前，他一直把他们视为同类，视为跟他同样圈子和地位的同道中人。今晚他们看上去俗不可耐。

他不由得想，是不是他这三年练就的瑜伽术使他有了一点点儿改变呢？

他站在那里注视着轮盘赌。人们把钱放在一张绿色的长桌子上，想要猜中下一次轮盘转动时那个小白球会落进哪个小狭槽里。亨利看着轮盘，突然，也许更多是出于习惯吧，他发现自己的意念开始集中于此。这并不困难，他这么长时间来一直在训练绝对的专注力，这已经成了某种习惯做法。在短短一秒钟里，他的思绪百分之百集中在轮盘上，心无旁骛。房间里其他的一切，噪声、人群、灯光、雪茄的烟味，所有这一切都从他的脑海里消失，他只看见轮盘边缘那些白色数字。数字从1到36,1和36中间有一个0。很快，所有的数字都在他眼前变得模糊，隐而不见。只留下了一个数字，只留下了18这个数字。这是他唯一能看见的数字，起初它有些模糊，看不真切，然后边缘变得清晰，白色越来越亮、越来越突出，继而开始发光，好像后面有一盏明亮的灯照着。数字越变越大，似乎要向他扑过来。这个时候，亨利切断了他的注意力，房间里的一切都回到他的视线中。

"都下完注了吗？"只听荷官说道。

亨利从口袋里掏出一个一百镑的牌子，放在绿桌上标着18的方块上。桌上虽然放满了其他人的赌注，但只有他的钱放在18上。

荷官转动轮盘。白色的小球在轮盘边缘嗒嗒地跳动。人们目不转睛地看着。所有的眼睛都集中在小球上。轮盘的速度放慢，最后停了下来。小球又抖动了几下，迟疑着，然后稳稳地落进了18狭槽。

"18！"荷官喊道。

人群唉声叹气。荷官的助手用一个长把的木勺把一堆堆输掉的牌子捞起来。他没有拿走亨利的。他们按三十六比一付钱给他。他的一百镑赢得了三千六百镑。他们给了他三个一千镑和六个一百镑的牌子。

亨利开始感到自己拥有非凡的能力。他觉得只要他愿意，可以把这个地方扫荡一空。他几小时内就能把这个华丽、高档、昂贵的娱乐场所彻底毁掉。他能轻松赢走好几百万，站在周围的所有那些面无表情、油头粉面的先生，看见大笔的钱财瞬间易手，都会像受惊的老鼠一样四处逃窜。

他要不要那么做呢？

那是一个极大的诱惑。

可是那样一来就全完了。他会变得尽人皆知，以后世界各地的任何一家赌场都不会允许他进入。千万不能那么做，他必须格外谨慎，不让别人注意到自己。

亨利漫不经心地离开轮盘室，走进了人们在玩二十一点的房间。他站在门口，观察形势。一共有四张桌子，二十一点的桌子形状很奇怪，是弧形的，像一轮新月，游戏者坐在半圆外侧的高凳上，发牌员站在内侧。

牌放在一个名为鞋子的敞开的盒子里（爵士府一般是把四副牌混在一起），发牌员用手指把牌一张张从鞋子里抽出来……你总能看到鞋子里每张牌的背面，别的就看不见了。

赌场称之为黑杰克，这是一种很简单的游戏。它还有另外三个名字：浮筒（pontoon）、二十一点和文特恩（vingt-et-un）。玩牌者要尽量让自己的牌点数加起来接近二十一，但如果超过二十一就破产了，发牌员就把钱拿走。几乎每发一轮牌，玩牌者都要面临艰难的选择：是冒着破产的风险再拿一张牌呢，还是保留现有的点数？可是亨利不会有这样的麻烦。他四秒钟内就能"看穿"发牌员要给他的牌，就能决定是要还是不要。亨利可以把二十一点变成一场滑稽戏。

　　所有的赌场里，玩二十一点都有一条比较尴尬的规则，而我们在家玩的时候没有。我们在家玩时是看到第一张牌后才下注的，如果牌好，我们下的注就高，但赌场不允许你这么做。他们坚持要牌桌上的每个人在拿到第一张牌之前就下注，而且，之后也不允许你增加赌注。

　　这一点对亨利也没有任何妨碍。只要他坐在发牌员左边第一个位置，就总能在每一轮发牌时拿到鞋子里的第一张牌。他能很清楚地看到牌的背面，也就能在"看穿"这张牌的点数之后再下注。

　　此刻，亨利静静地站在门口，看着四张牌桌，等待其中一位发牌员左边空出一个位置。他不得不等了二十分钟，才总算如愿以偿。

　　他在高凳上落座，把在轮盘赌赢来的一张一千镑的牌子递给发牌员。"请都换成二十五镑的。"他说。

　　发牌员是一个黑眼睛、皮肤灰暗的年轻人。他从来不笑，只在必要的时候才说话。他的双手特别细长，手指有计算能力。他接过亨利的牌子，丢进桌上的一个狭槽。他面前的一个木托盘里整齐地码放着一排排不同颜色的圆筹码，有二十五镑、十镑和五镑的，每种都有大约一百个。发牌员用拇指和食指捏起一堆二十五镑的筹码，在桌上摆成高高一摞。他用不着数，他知道那堆筹码是不多不少二十个。他灵巧的十指能准确拿起从一到二十的任何数字的筹码，从来不会有误。发牌员拿起第二堆筹码，凑成四十个。他把它们从桌上推给亨利。

亨利把筹码堆放在自己面前，与此同时，他扫了一眼鞋子里最上面的那张牌。他集中意念，在四秒钟内读出牌的点数是10。他把自己的筹码推出八个，也就是二百镑。这是爵士府二十一点牌局所允许的最大赌注。

他拿到了那张10，接下来的第二张牌是9，加起来是十九。

不管是谁，拿到十九都不会再要牌。一般都会稳坐不动，希望其他人的点数不是二十或二十一。

因此，当发牌员再一次转到亨利这儿时，说了句"十九点"就转向下一个玩牌者。

"等一等。"亨利说。

发牌员停住了，把目光转回亨利身上。他扬起眉毛，用那双冷峻的黑眼睛看着亨利。"你是十九，还想要牌？"他有点儿讽刺地问。他说话带有意大利口音，声音里不仅有讽刺，还有轻蔑。手里的点数是十九时，只有两种牌不会让你破产：A（算作一点）和2。只有白痴会在拿到十九点后还冒险要牌，特别是桌面上摆出了二百镑。

下一张要发的牌在鞋子前面，可以看得很清楚。至少牌的背面可以看得很清楚。发牌员还没有碰它。

"是的。"亨利说，"我想再要一张牌。"

发牌员耸了耸肩，从鞋子里抽出那张牌。梅花2，端端正正地落在亨利面前，跟那张10和那张9并排。

"谢谢。"亨利说,"这样就好了。"

"二十一点。"发牌员说。他又抬起黑眼睛看了看亨利的脸,然后把目光停在那张脸上,他没有说话,神情警惕而疑惑。亨利打乱了他的阵脚,他以前没见过有人拿到十九点后还继续要牌的。这个人不仅这么做了,还表现出了令人震惊的平静和胸有成竹。然后他赢了。

亨利注意到了发牌员的眼神,立刻意识到自己犯了个愚蠢的错误。他表现得太机灵了,吸引了别人对他的注意。千万不能再这样了,以后他使用自己的能力时必须格外谨慎。甚至必须偶尔让自己输掉一局,必须时不时地做一些有点儿愚蠢的事情。

牌局在继续。亨利的优势太强大了,他费了很大的劲把赢的钱控制在合理的数目内。偶尔,他在明知会破产的情况下提出要第三张牌。还有一次,他看到自己的第一张牌会是一个 A,故意下了最小的赌注,然后做张做势地大声责骂自己没有下更大的注。

短短一个小时,他赢了整整三千英镑,然后他就收手了。他把筹码装进口袋,返回出纳室,把它们都兑换成钱。

他玩二十一点赚了三千镑,玩轮盘赌赚了三千六百镑,一共六千六百镑。想要赚六十六万镑也不是什么难事。事实上,他对自己说,他现在赚钱的速度几乎肯定比世界上任何一个人都快了。

出纳员接过亨利的那堆筹码和那些牌子,脸上的表情没有任何变化。他戴着钢框眼镜,镜片后面的浅色眼睛显示出他对亨利毫无兴趣,他只看着柜台上的筹码。这个人的手指也有计算能力,不仅如此,他身体的每个神经都会做算术、三角、微积分、代数和欧几里得几何。他是个人形的计算机,脑子里有十万根电线。他只用五秒就数清了亨利的一百二十个筹码。

"你想要支票吗，休格先生？"他问。出纳员和楼下前台的那个人一样，知道每位会员的名字。

"不，谢谢你。"亨利说，"我要现金。"

"如你所愿。"镜片后面的声音说，然后他转过身，到出纳室后面的保险柜去拿钱，那柜里肯定有几百万英镑。

根据爵士府的标准，亨利赢的这些钱只是小意思。现在伦敦有阿拉伯的石油大亨，他们都爱赌钱。还有远东神秘的外交官、日本的商人和英国那些避税的房地产运营商。在伦敦的大型赌场里，每天都有令人咋舌的大笔资金被赢走或输掉，大多都被输掉。

出纳员拿着亨利的钱回来了，他把那沓钞票扔在柜台上。虽然这笔钱足够购买一座小房子或一辆大汽车，但爵士府的总出纳员根本不为所动。看他给出那笔钱时漫不经心的样子，就好像在递给亨利一包口香糖。

"你等着，朋友，"亨利把钱装进口袋时暗自说道，"你就等着吧。"他走开了。

"要把你的车开过来吗？"门口那个穿绿色制服的人说。

"暂时不用。"亨利对他说，"我想先呼吸点儿新鲜空气。"

他在街上慢慢地溜达。时间已近午夜，夜晚的空气凉爽怡人，这座大城市仍没有丝毫睡意。亨利可以感觉到那一大沓钞票鼓鼓囊囊地塞在他西装内侧的口袋里。他用一只手摸摸那个鼓包，轻轻地拍了拍。一个多小时就赚了这么多钱。

将来会怎么样呢？

下一步行动是什么呢？

他一个月就能赚到一百万镑。

如果他愿意，还能赚得更多。

他能赚的钱不可限量。

在那个凉爽的夜晚，亨利走在伦敦的街头，开始考虑自己的下一步行动。

话说，如果这不是一个真实的故事而是虚构作品，那就有必要为它构思一个出人意料、惊心动魄的结尾。那倒也没有什么难度。编一个离奇的、戏剧性的情节。因此，在告诉你真实的亨利究竟遭遇了什么事之前，让我们暂时停一停，看看一位合格的小说家会怎样结束这个故事。他的创作笔记可能会是这样：

一、亨利必须死。就像之前的伊姆拉特·汗一样，他违反了瑜伽法则，用他的能力为自己谋利。

二、他最好以某种特殊而有趣的方式死去，让读者感到意外。

三、比如，他可以回到寓所，开始清点自己的钞票，并感到沾沾自喜。就在他这么做的时候，突然感到不舒服，胸口一阵疼痛……

四、他害怕了，决定立刻上床休息。他脱掉衣服，全身赤裸地走向壁橱去拿睡衣。他经过靠在墙上的大穿衣镜，停住脚，凝视着镜子里赤裸的自己。出于习惯的力量，他本能地开始集中意念。然后……

五、立刻，他就"看穿"了自己的皮肤，就像刚才"看穿"那些牌一样"看穿"皮肤。就像X光片，只是清晰得多。X光只能看到骨头和密度大的地方。亨利却什么都能看到。他看见动脉和血管把血液输送到全身。他还能看见自己的肝、肾、肠子，还能看见自己的心脏在跳动。

六、他看着胸口感到疼痛的地方……他看见了……或以为自己看见了……右侧通向心脏的大血管里有一块小小的黑斑。血管里怎么会有一块小小的黑斑呢？肯定是某种堵塞。肯定是一个瘀结，一个血块！

七、起初，那血块似乎是静止的。然后它开始移动，移动的幅度很小，最多一两个毫米。血管里的血液在后面有节奏地推动血块，使它又移动起来。它往前冲了大约半英寸。这次是往血管上方移动，朝着心脏而去。亨利惊恐地注视着。他知道，世界上几乎所有的人都知道，一个脱落的血块在血管里游走，最终都会到达心脏。如果血块很大，就会粘在心脏里，人可能就没命了……

作为一篇虚构作品，这个结尾不算糟糕，但这个故事不是虚构的，是真实的。唯一失真的是亨利的名字和赌场的名字。亨利的名字不是亨利·休格，他的名字必须得到保护，现在也必须得到保护。那个赌场也不能用它的真名，原因不言自明。除此之外，这是一个真实的故事。

正因为是一个真实的故事，它必然有一个真实的结尾。真实的结尾可能不像虚构的那样有戏剧性或令人惊悚，但也是很有趣的。下面就是实际发生的事情。

亨利在伦敦街头溜达了大约一小时后，返回爵士府，取了自己的车。他驱车回到他的寓所，内心充满困惑。他怎么也不明白，面对如此巨大的成功，他并不感到多么兴奋。如果这样的事情发生在三年以前，在他开始练瑜伽之前，他肯定会兴奋得发狂，他肯定会在大街上跳舞，冲进最近的一家夜总会，喝香槟酒大肆庆祝。

奇怪的是他此时一点儿也不兴奋，他感到闷闷不乐。这一切来得太容易了，他每下一个赌注，都是胜券在握，没有刺激，没有悬念，没有输的危险。他当然知道，从今往后他可以周游世界，把几百万收入囊中。可是，这样做好玩吗？

亨利逐渐开始明白，如果你想要多少就能得到多少，便没有任何乐趣可言了。特别是钱。

还有一点。他为了掌握瑜伽术而进行的训练，有没有可能彻底改变了他对人生的看法呢？

当然有可能。

亨利驱车回家，直接上床睡觉。

第二天早晨，他醒得很晚，但是他并未感到比前一天夜里更快乐一点儿。他下了床，看见那厚厚的一沓钞票仍放在床头柜上，他突然对它产生了一种强烈的厌恶。他怎么也没法解释为什么会这样，但事实就是这笔钱他一点儿都不想要。

他拿起那沓钱。都是二十英镑的钞票，准确地说是三百三十张。他走到寓所的阳台上，穿着深红色丝绸睡衣站在那里，俯视着下面的街道。

亨利的寓所在可胜街，正好位于梅菲尔区中间，那是伦敦最时尚、最豪华的地区。可胜街的一头通向伯克利广场，另一头通向帕克街。亨利住在四楼，卧室外面有个带铁栏杆的小阳台，凸出于街道上方。

当时正值六月，上午阳光灿烂，时间大约是十一点。虽然是星期天，人行道上仍有不少人在行走。

亨利从那沓钱里抽出一张二十镑钞票，从阳台上扔了下去。一阵微风吹来，把钞票吹向了帕克街的方向。亨利站在那里注视着，钞票在风中翻转、飘动，最后飞到马路对面，正好落在一个老人面前。老人穿着一件破旧的褐色长大衣，戴着一顶宽檐帽，独自一人慢慢走着。他看见钞票从他面前飘过，便停住脚，把它捡了起来。他用双手捧住钞票仔细地看，他把钞票翻过来，凑近了端详，然后他抬起头往上看。

"喂！"亨利把一只手拢在嘴边喊道，"是给你的！一份礼物！"

老人一动不动地站着，把钞票举在面前，抬头望着阳台上的那个身影。

"把它放进口袋！"亨利喊道，"带回家吧！"他的声音在街上传得很远，许多人都停下来往上看。

亨利又扯下一张钞票扔了下去。下面注视着他的人没有动，他们只是注视着，不知道发生了什么事。一个男人站在上面的阳台喊了几句什么，现在又扔下一个看上去像一张纸的东西。每个人的目光都跟着那张在空中飘飘悠悠的纸，最后它停在马路对面人行道上一对手拉手的年轻男女身边。男人松开女伴，想在纸飘过时把它抓住。他抓了个空，他从地上把它捡了起来，仔细地打量着。街道两边的旁观者都把目光落在这个青年男子身上。在他们许多人看来，这张纸很像是一张钞票，他们想看出个究竟。

"二十英镑！"男人跳着脚大喊，"是一张二十英镑的钞票！"

"收下吧！"亨利对他喊道，"归你了！"

"真的吗？"男人大声问，伸出捏着钞票的手，"我真的可以收下吗？"

突然，马路两边起了一阵兴奋的骚动，每个人都立刻行动起来。他们跑到马路中间，聚集在阳台底下。他们把双臂举过头顶，大声喊叫："我！给我一张好吗？再扔一张吧，老板！再扔几张下来！"

亨利又扯下五六张钞票，扔了下去。

一张张纸币在风中飘动着落下，人们拼命地大呼小叫，纸币飘到人们手上时，街道上出现了一幅熟悉的激烈混战的场面。但大家情绪都很温和，人们大笑着，以为这是一个精彩的玩笑。一个男人穿着睡衣站在四楼上，把面值巨大的钞票抛到空中。在场的人群中有不少人这辈子还没见过二十英镑的钞票呢。

然而这时，另一件事也开始发生。

消息在城市大街小巷传播的速度是惊人的。亨利撒钱的消息像闪电一样传遍了整个可胜街，并传到了远处的一些大街小巷。人们从四面八方跑过来。几分钟内，大约一千个男人、女人和孩子把亨利阳台下的街道堵得水泄不通。车辆开不动了，司机就从车里出来，加入了人群。突然之间，可胜街上一片混乱。

这时，亨利干脆把胳膊举起来、抡出去，把一整沓钞票抛到了空中。六千多英镑飘飘悠悠地落向下面尖叫的人群。

接下来的争夺场面非常壮观。人们跳起来，想在钞票落地前把它们抢到手，大家你推我搡，有人叫嚷，有人跌倒，很快，街道上的人们互相纠缠，打作一团，喧闹声震天动地。

在这片嘈杂声中，亨利突然听见身后的寓所里响起了持续而刺耳的门铃声。他离开阳台，打开了房门。一个留着黑色小胡子的大块头警察站在门外，双手叉腰。"你！"他气呼呼地吼道，"就是你！你这是在搞什么鬼？"

"上午好，长官。"亨利说，"对不起，聚了这么多人。我没想到会搞成这样。我只是在施舍一些钱。"

"你在引起麻烦！"警察咆哮道，"你在制造障碍！你在煽动暴乱，你把整条街道都堵死了！"

"我已经说了对不起。"亨利说,"我不会再这么做了,我保证。他们很快就会散去的。"

警察把一只手从腰上拿下来,摊开手掌,露出一张二十英镑的钞票。

"啊哈!"亨利喊道,"你也拿到一张!我太开心了!我为你感到高兴!"

"听着,你不许再这样胡闹了!"警察说,"关于这些二十英镑的钞票,我有几个严肃的问题要问你。"他从胸前的口袋里掏出一个笔记本,"首先,"他继续说道,"这些钱到底是从哪儿来的?"

"我赢来的。"亨利说,"我昨晚运气特别好。"他说出自己赢钱的那家赌场的名字,警察记在了他的小本子上。"去调查吧。"亨利加了一句,"他们会告诉你都是事实。"

警察放下笔记本,看着亨利的眼睛。"其实,"他说,"我相信你的故事。我认为你说的是实话。但这根本不能成为你瞎胡闹的借口。"

"我没有做什么坏事。"亨利说。

"你这个十足的小白痴!"警察喊道,又开始激动起来,"你是个笨蛋,是个蠢货!如果你运气那么好,能给自己赢来那么一大把钱,又想把它们施舍出去,你不应该随随便便地扔出窗外!"

"为什么?"亨利笑嘻嘻地问,"用这个办法把钱撒出去,也没什么不好。"

"这是一种最愚蠢、最荒唐的做法!"警察嚷道,"你为什么不把它们送出去派上好用场呢?比如,送给一家医院?或一家孤儿院?全国各地的孤儿院都资金紧张,甚至没有钱给孩子们买圣诞礼物!可竟然还有你这样的小笨蛋,从来没尝过贫穷的滋味,把钞票白白地扔到大街上!这真的把我气疯了,真的!"

"孤儿院？"亨利说。

"没错，孤儿院！"警察大声说，"我就是在孤儿院长大的，所以知道那种滋味！"说完，警察转过身，匆匆走下楼，到街上去了。

亨利没有动弹。警察的话，特别是他说这些话时那由衷的愤怒，好像一拳击中了我们主人公的眉心。

"一家孤儿院？"他大声说，"这主意真不错。可是为什么只是一家呢？为什么不是许多家呢？"于是，他很快就产生了一个伟大而奇妙的想法，这个想法即将改变一切。

亨利关上前门，回到自己的寓所。他立刻感到内心激荡着一种强烈的兴奋。他开始在房间里踱来踱去，列出实现这个奇妙想法的一个个关键点。

"第一，"他说，"我以后每天都能赚到一大笔钱。

"第二，我绝不能在十二个月内再次进入同一家赌场。

"第三，我绝不能在任何一家赌场赢钱太多，以免引起别人的怀疑。我建议把钱数控制在每晚两万英镑。

"第四，每晚两万英镑，一年三百六十五天，一共是多少呢？"

亨利拿出纸和铅笔，算出了总数。

"一共是七百三十万英镑。"他大声说。

"很好。第五点，我必须不断转移。待在一个城市不能超过两三个晚上，不然消息就会传开。先从伦敦到蒙特卡罗，然后去戛纳，去比亚里茨，去多维尔，去拉斯维加斯，去墨西哥城，去布宜诺斯艾利斯，去拿骚，如此等等。

"第六，我要用我赚到的钱，在我去过的每一个国家开办一家顶级的孤儿院。我要成为一个绿林好汉。我要把庄家和赌场老板的钱赢过来，送给那些孩子们。这听起来是否有点儿迂腐和感情用事？作为梦想，确实如此。但作为现实，如果我真的能让它实现，就丝毫也不迂腐或感情用事了。那将会是一个壮举。

"第七，我需要一个人来帮助我，他坐在家里，负责打理所有的钱，购买房屋，统管一切事务。一个管钱的人、一个我能信任的人，约翰·温斯顿怎么样？"

约翰·温斯顿是亨利的财务主管。他负责处理亨利的所得税、投资和其他跟钱有关的所有麻烦。亨利认识他十八年了，两人之间有很深的交情。不过别忘了，到现在为止，约翰·温斯顿认识的亨利，还是那个一辈子没干过一天工作、腰缠万贯、游手好闲的花花公子。

"你肯定是疯了。"亨利讲述自己的计划时，约翰·温斯顿说，"从没有人想出过打败赌场的办法。"

亨利从口袋里掏出一副崭新的、没有启封的扑克牌。"来吧。"他说，"我们玩一玩二十一点。你是发牌员。别跟我说这些牌做了手脚。这是一副新牌。"

温斯顿办公室的窗外能看见伯克利广场，两个男人坐在屋里郑重其事地玩二十一点，玩了将近一小时。他们拿火柴棍当筹码，每根火柴棍代表二十五镑。五十分钟后，亨利已经赢了足有三万四千镑！

约翰·温斯顿无法相信这一点。"你是怎么做到的？"他说。

"把牌放在桌上。"亨利说，"正面朝下。"

温斯顿照做了。

亨利把意念集中在最上面那张牌上。四秒钟后，"是红桃 J。"他说。果然不错。

"下一张是……红桃 3。"正确。他报出每张牌的点数，一口气读完了整副牌。

"快说。"约翰·温斯顿说,"跟我说说你是怎么做到的。"这位平素冷静而缜密的男人,此刻把身子探在桌上,用两只星星一般大而明亮的眼睛盯着亨利。"你知道你在做一件完全不可能的事情吗?"他说。

"并非不可能。"亨利说,"只是难度很大。我是世界上唯一能做到的人。"

约翰·温斯顿办公桌上的电话响了。他拿起话筒,对他的秘书说:"请别再接进电话了,苏珊,等我的吩咐。哪怕我妻子打来的也不接。"他抬起头,等着亨利继续往下说。

亨利开始向约翰·温斯顿讲述他获得这种能力的具体经过。他讲了自己怎样发现那个笔记本,还讲了伊姆拉特·汗的事,然后讲了在过去三年里,他怎样不间断地苦苦练习,训练自己的专注力。

他讲完后,约翰·温斯顿说:"你试过在火上行走吗?"

"没有。"亨利说,"我不打算那么做。"

"你凭什么认为你能用这办法搞定赌场里的牌呢?"

亨利跟他讲了前一天晚上去爵士府的经历。

"六千六百镑!"约翰·温斯顿喊道,"你真的赢了那么多钱?"

"听我说。"亨利说,"刚才不到一小时,我就赢了你三万四千镑!"

"确实如此。"

"我至少能赢六千。"亨利说,"我拼命克制着不要赢更多。"

"你会成为世界上最富的人。"

"我不想成为世界上最富的人。"亨利说,"现在不想了。"然后,他把自己开办孤儿院的计划告诉了对方。

他讲完后,说道:"你愿意跟我一起干吗,约翰?你愿意帮我管钱，做我的银行家、行政官和其他一切吗？每年都会有几百万的进账。"

约翰·温斯顿是一位十分谨慎的财务人员，不会一时冲动答应任何事情。"我先要看到你的实际行动。"他说。

于是那天夜里，他们俩一起去了可胜街的里兹夜总会。"这段时间不能再去爵士府了。"亨利说。

在第一局轮盘赌中，亨利在 27 上下注一百镑。他赢了。第二局他在 4 上下注，又赢了。一共赢得七千五百镑。

一个站在旁边的阿拉伯人对亨利说："我刚才输了五万五千镑。你是怎么做到的？"

"运气。"亨利说，"只是运气好罢了。"

他们又去了玩二十一点的房间，在那里不到半个小时，亨利就又赢了一万镑。然后他就收手了。

到了外面的街上，约翰·温斯顿说："我现在相信你了。我愿意跟你一起干。"

"我们明天就开始。"亨利说。

"你真的打算每天晚上都这么做？"

"是的。"亨利说，"我要以很快的速度从一个地方转移到另一个地方，从一个国家转移到另一个国家。每天我都会把收益通过银行转账给你。"

"你知道一年总共会有多少钱吗？"

"几百万。"亨利欢快地说，"一年七百万镑左右吧。"

"那样的话，我不能在这个国家操作。"约翰·温斯顿说，"不然钱都让税收官拿走了。"

"你去哪儿都行。"亨利说，"对我来说没什么差别。我完全信任你。"

"我要去瑞士。"约翰·温斯顿说,"但不是明天。我可不能抬起屁股就远走高飞。我不像你这样是个无牵无挂的单身汉,没有任何责任。我必须跟我的妻子和孩子们谈谈,通知公司里的合伙人;我必须把房子卖掉,在瑞士另找一套房子;我必须给孩子们办退学手续。亲爱的朋友,这些事情都很费时间的!"

亨利从口袋里掏出他刚赢到的一万七千五百镑,递给对方。"这是一些零花钱,供你度过这段日子,安顿下来。"他说,"但请你务必抓紧时间。我想立刻大干一场。"

一个星期内,约翰·温斯顿就到了洛桑,他有了一间办公室,就在日内瓦湖岸边高高的美丽山坡上。他的家人会尽快过来与他团聚。

亨利开始去赌场干活了。

一年后,他已向洛桑的约翰·温斯顿汇去八百多万英镑。他以每星期五天的频率把钱汇到一家名为"S.A.孤儿院"的瑞士公司。除了约翰·温斯顿和亨利,谁也不知道这些钱来自哪里,拿去会做什么用。至于瑞士官方,他们根本不想知道钱从哪儿来。亨利通过银行汇钱,星期一的汇款额总是最大,因为它包括亨利星期五、星期六和星期天的收益,周末银行不营业。他以惊人的速度转移阵地,约翰·温斯顿要想知道他的动向,经常唯一的线索就是那天汇钱的银行地址。也许今天是马尼拉的一家银行,明天就成了曼谷的。汇款来自拉斯维加斯,来自库拉索,来自弗里波特,来自大开曼岛,来自圣胡安,来自拿骚,来自伦敦,来自比亚里茨。汇款来自世界上任何地方,只要那座城里有一家大赌场。

七年过去了,一切顺利。将近五千五百万英镑汇到洛桑,被安全地存入银行。约翰·温斯顿已经创建了三家孤儿院,法国一家、英国一家、美国一家。还有五家正在建设中。

接着他们遇到了一点儿麻烦。赌场老板们之间有一个秘密情报网，虽然亨利总是特别谨慎，不在同一个夜晚、同一个地方赢太多的钱，然而消息最终还是传开了。

在拉斯维加斯的一个夜晚，亨利去了三家赌场，有点儿冒失地从每家赌场赢走了十万美元，而这三家赌场碰巧是同一帮人开办的。

事情的发生是这样的。第二天早晨，亨利在酒店房间里收拾东西，准备去机场，突然有人敲门。一个酒店服务员走进来低声告诉亨利，大堂里有两个男人在等他。服务员说，还有一些人把守着后门，都是些很厉害的人，服务员说，如果亨利此时下楼，他认为逃生的机会不大。

"你为什么要来告诉我？"亨利问他，"你为什么跟我站在一边？"

"我不跟任何人站在一边。"服务员说，"但我们都知你昨晚赢了一大笔钱，我想，如果我向你通风报信，你可能会送我一份厚礼。"

"谢谢。"亨利说，"但是我怎么逃脱呢？如果你能让我离开这儿，我给你一千美元。"

"那很容易。"服务员说，"你把身上的衣服脱掉，换上我的制服。然后你拎着箱子从大堂走出去。但是在离开前要把我绑起来。我躺在这地板上，手脚都被绑住，他们就不会认为是我帮助了你。我会说你有一把枪，我没办法反抗。"

"绑你的绳子在哪儿呢？"亨利问。

"就在我口袋里。"服务员说着，咧嘴笑了。

亨利穿上服务员的金色和绿色制服，倒也勉强合身。他用绳子把那人结结实实捆起来，用一条手帕堵住他的嘴。最后，他把十张百元美钞塞在地毯下面，让服务员事后来取。

在楼下的大堂里，两个五短身材、头发乌黑的暴徒注视着从电梯里出来的人，但是对于那个穿着金色和绿色酒店制服、拎着箱子出来的人，他们连扫都没扫一眼。那人潇洒地走过大堂，从转门出去，来到大街上。

到了机场，亨利改了航班，搭下一趟飞机去了洛杉矶。从现在起，事情不会像以前那么容易了，他对自己说。但那个服务员使他产生了一个主意。

在洛杉矶，在附近的好莱坞和电影人居住的贝弗利山，亨利找到了业内最优秀的化妆师，那人名叫麦克斯·恩格尔曼。亨利前去拜访他，顿时就喜欢上了他。

"你挣多少钱？"亨利问他。

"哦，一年大约四万美元。"麦克斯回答。

"我给你十万，"亨利说，"请你跟我一起干，做我的化妆师。"

"你有什么好项目？"麦克斯问他。

"你听我告诉你。"亨利说。他把事情说了一遍。

麦克斯是亨利告诉的第二个人。约翰·温斯顿是第一个。当亨利向麦克斯展示他的读牌绝技时，麦克斯惊得目瞪口呆。

"我的天呐，朋友！"他喊道，"你能大赚一笔！"

"我已经赚到了。"亨利对他说，"我已经大赚了十笔。但是我还想赚得更多。"他把孤儿院的计划告诉了麦克斯。在约翰·温斯顿的帮助下，他已经创建了三家孤儿院，还有几家正在建设中。

麦克斯是个皮肤黝黑的小个子男人，在纳粹占领越南时逃出来。他没有结过婚，没有任何社会关系。他顿时充满热情，兴奋不已。"太疯狂了！"他大声说，"我这辈子从没听说过这么疯狂的事！我跟你干，朋友！我们开始吧！"

从那时起，亨利走到哪儿都带着麦克斯·恩格尔曼。麦克斯随身携带一个箱子，里面是各种假发套、假胡须、连鬓胡、小胡子和你从未见过的化妆材料。他能把他的雇主变成任何一个三十到四十岁的无法识别的人。赌场经理们此时都在留意寻找亨利，却再也没有看见他作为亨利·休格先生出现。事实上，拉斯维加斯那件事只过去了一年，亨利和麦克斯就又回到那座危险的城市，在一个温暖的、群星璀璨的夜晚，亨利来到他以前光顾过的几家大赌场中的一家，潇洒地赢走了八万美元。他伪装成一位年迈的巴西外交官，赌场的人怎么也想不明白他们中了什么招。

既然亨利不再以自己的身份出现在赌场，当然就有一大堆其他具体事宜需要留意，比如假身份证和假护照。举个例子，在蒙特卡罗，游客必须出示护照才能进入赌场。亨利在麦克斯的协助下，又光顾了蒙特卡罗十一次，每次都拿着一本不同的护照，伪装成一个不同的人。

麦克斯非常喜欢这份工作。他酷爱把亨利塑造成新的人物。"我今天让你完全变一个人！"他经常这么宣布，"你就等着瞧吧！今天你会成为来自科威特的一位阿拉伯酋长！"

"我们有阿拉伯护照吗？"亨利会问，"还有阿拉伯的文件？"

"一切就绪。"麦克斯回答，"约翰·温斯顿给我寄来一本漂亮的护照，名字是阿布·本·贝酋长殿下！"

一切就这样进行着。时间一年年过去，麦克斯和亨利变得如手足一般亲密。他们是闯荡江湖的兄弟，两个男人在空中飞来飞去，榨取世界各地的赌场，把钱直接汇给瑞士的约翰·温斯顿，那个名为 S.A. 孤儿院的公司越来越富有。

亨利去年离世，享年六十三岁。他的工作完成了，为此他忙碌了整整二十年。

他的个人参考资料里列了二十一个国家或岛屿的三百七十一家大型赌场。他光顾过它们许多次，从来没有失手过。

根据约翰·温斯顿的账目，他一共赚了一亿四千四百万英镑。

亨利在世界各地留下了二十一家设施完善、管理有序的孤儿院，他去过的每个国家都有一家。所有这些孤儿院都由洛桑的约翰·温斯顿及其工作人员负责管理和负担经费。

而我，既不是麦克斯·恩格尔曼也不是约翰·温斯顿，是怎么知道这一切的呢？我又怎么会把这个故事写出来的呢？

让我告诉你。

亨利死后不久，约翰·温斯顿从瑞士打电话给我。他简单地介绍自己是一家名为 S.A. 孤儿院的总负责人，问我能不能去洛桑见他，写一写这个机构的简单历史。我不知道他是怎么打听到我的名字的，他可能有一个作家名单，用大头针别在一起。他说会给我丰厚的润笔费，然后他又说："一个了不起的人最近去世了。他叫亨利·休格。我认为人们应该了解一点儿他所做的事情。"

我因为无知，竟问他这个故事是否足够有趣，值得被写成文字。

"好吧。"那个如今掌握着一亿四千四百万英镑的人说，"那就算了。我再问问别人。作家有的是。"

这刺激了我。"不，"我说，"等一等。你至少可以告诉我这个亨利·休格是谁，他做了什么吧？我连听都没听说过他。"

约翰·温斯顿在电话里用五分钟跟我大致讲了讲亨利·休格的

秘密职业。这已不再是秘密，亨利已经过世，再也不会去赌博了。我听得入了迷。

"我搭下一趟飞机过来。"我说。

"谢谢。"约翰·温斯顿说，"非常感谢。"

在洛桑，我见到了已年逾七旬的约翰·温斯顿，以及差不多年龄的麦克斯·恩格尔曼。两人都仍然为亨利的去世而黯然神伤。麦克斯比约翰·温斯顿更加难过，因为麦克斯陪伴了亨利十三年都不止。"我爱他。"麦克斯说，脸上掠过一丝阴云，"他是个了不起的人。他从不考虑自己。除了旅行和一日三餐所需，他赢的钱一分都不留给自己。我告诉你，有一次我们在比亚里茨，他刚去过银行，把五十万法郎汇给了约翰。那是吃午饭的时间。我们去了餐馆，吃了一顿简单的午餐，就是一个煎蛋卷和一瓶红酒，账单来了，亨利却没有钱支付，我也没有。他是一个可爱的人。"

约翰·温斯顿把他知道的一切都告诉了我。他给我看了最初的那个深蓝色练习本，上面是约翰·卡特赖特医生于一九三四年在孟买写的内容，我逐字逐句地抄了一遍。

"亨利总是随身带着它。"约翰·温斯顿说，"最后，他把整个故事都背了下来。"

他给我看了 S.A. 孤儿院的账簿，上面记录着亨利二十年来每一天赢得的钱，看上去十分壮观，令人震惊。

他讲完后，我对他说："这个故事里有个大缺口，温斯顿先生。你几乎只字未提亨利的旅行，以及他在世界各地赌场的奇遇。"

"那是麦克斯的故事。"约翰·温斯顿说，"麦克斯知道所有这些，因为他与亨利形影不离。但他说他想自己尝试着把它写下来，他已经开始写了。"

"那为什么不让麦克斯来写整个故事呢？"我问。

"他不愿意。"约翰·温斯顿说，"他只想写关于亨利和麦克斯的。如果他真能写完，应该是一个奇妙的故事。但是他像我一样年事已高，我怀疑他能不能写完。"

"最后一个问题。"我说，"你一直叫他亨利·休格。可是你说这不是他的真名。你不希望我在写故事时说出他的真实身份吗？"

"不。"约翰·温斯顿说，"我和麦克斯保证过永远不说出去。哦，可能早晚会泄露的。毕竟，他来自英国一个比较显赫的家族。但是我希望你不要去打听。就简单地叫他亨利·休格先生吧。"

于是我就这么做了。

初收于《亨利·休格的神奇故事》1977

偷伞的人

　　我要跟你们讲一件有趣的事，是我和我妈妈昨天晚上遇到的。我十二岁，是个女孩。我妈妈三十四岁，但我已经跟她差不多一样高了。

　　昨天下午，我妈妈带我去伦敦看牙医。牙医发现了一个蛀洞，那是一颗后牙，他把它补上了，没让我感到有多疼。然后，我和妈妈去了一家咖啡馆，我要了一份香蕉船[1]，我妈妈要了一杯咖啡。我们起身准备离开时，大约是六点钟。

　　我们走出咖啡馆的时候，发现外面下雨了。"必须叫一辆出租车。"我妈妈说。因为我们穿着平常的衣服，戴着平常的帽子，雨却下得很大。

　　"干脆回到咖啡馆里，等雨停了再说吧？"我说。我还想再吃一份那种香蕉船，真是太好吃了。

　　"雨不会停的。"我妈妈说，"我们必须回家。"

　　我们冒雨站在人行道上，寻找出租车。来往的出租车倒是不

1　一种香蕉冰激淋，剖开香蕉，夹以冰激淋等。

少，但里面都坐着乘客。"我们要是有一辆带司机的私家车就好了。"我妈妈说。

就在这时，一个男人朝我们走来。他个头矮小，年纪已经很大了，大概七十岁都不止。他彬彬有礼地抬了抬礼帽，对我妈妈说："打扰了。真希望你能原谅我……"他留着一把漂亮的白胡子，白色的眉毛很浓密，有一张布满皱纹的红扑扑的脸，他手里高举着一把雨伞给自己遮雨。

"什么事？"我妈妈非常冷淡和疏远地说。

"不知道我能否请你帮我一个小忙。"他说，"只是很小的一个忙。"

我看见妈妈怀疑地盯着他。我妈妈是一个很多疑的人，她尤其信不过两样东西——陌生男人和熟鸡蛋。每次她揭开一颗熟鸡蛋的顶部，总要用勺子在里面捅来捅去，似乎以为会发现一只老鼠什么的。对于陌生男人，她有一条黄金法则："男人的态度越好，你越要多加几分疑心。"这个小老头儿的态度特别和善。他彬彬有礼，谈吐文雅，衣着体面，是一位真正的绅士。我之所以知道他是一位绅士，是因为他的鞋子。"你总能从一个人穿的鞋子上看出他是不是绅士。"这也是我妈妈最爱说的一句话。而眼前这个男人穿着漂亮的棕色皮鞋。

"实际的情况是，"小个子男人说，"我不小心陷入了一点儿麻烦。需要一些帮助。并不需要很多，我向你保证。几乎不算什么，说实在的，但我确实需要。你也知道，夫人，像我这样的老年人经常忘性特别大……"

我妈妈把下巴扬了起来，从鼻梁上面俯视着他。我妈妈这种冷若冰霜的凝视是非常吓人的，大多数人面对这样的眼神都会彻底崩溃。我曾经看见我们学校的校长在我妈妈用鼻梁上的冰冷眼神盯着她时，竟然开始结结巴巴，像个傻子似的发出假笑。可是，这个站在人行道上、打着伞的小个子男人却连眼皮也不眨一下。他温和地笑了笑，说道："请你相信，夫人，我没有在街上拦住女士，跟她们倾诉我的烦恼的习惯。"

"但愿没有。"我妈妈说。

我为我妈妈的尖刻感到有些尴尬。我想对她说："哦，妈妈，看在上天的分上，他是个年纪很大的老头儿，态度和蔼，很有礼貌，可能遇到了什么麻烦，所以不要对他这么冷酷吧。"但是我什么也没说。

小个子男人把雨伞从一只手换到另一只手。"我以前从没忘记过。"他说。

"你从没忘记过什么？"我妈妈严厉地问。

"我的皮夹。"他说，"我肯定是放在另一件上衣里了。我怎么做出了这么愚蠢的事情！"

"你是要我给你钱吗？"我妈妈说。

"哦，天呐！"他喊了起来，"我绝对不能那么做！"

"那你想要什么？"我妈妈说，"快说吧。我们站在这里快被淋成落汤鸡了。"

"这我知道。"他说，"所以，我才想把我的这把伞给你们遮遮雨，以后也归你们，只要……只要……"

"只要什么？"我妈妈说。

"只要你给我一个英镑作为交换，让我有钱坐出租车回家。"

我妈妈还是满心狐疑。"你既然身上没钱，"她说，"是怎么上这儿来的呢？"

"走路来的。"他回答，"我每天出来愉快地散散步，然后招一辆出租车送我回家。一年四季，每天如此。"

"那你现在为何不走回家？"我妈妈问。

"唉，我倒是希望如此呢，"他说，"我真是这么希望的。可我这两条倒霉的老寒腿，恐怕是走不回去的，我已经走得太远了。"

我妈妈站在那儿，咬着下嘴唇。看得出来，她心里开始有点儿松动了。有一把雨伞遮风挡雨，这对她肯定有不小的吸引力。

"这是一把漂亮的雨伞。"小个子男人说。

"我注意到了。"我妈妈说。

"是绸布的。"他说。

"我看得出来。"

"那你为何不拿着它呢，夫人？"他说，"它当初花了我二十多英镑呢，我向你保证。不过这个不要紧，只要我能回家，让我的两条老寒腿得到休息就行。"

我看见妈妈的手在摸她钱包的搭扣。她看见我在注视她，这次是我自己用鼻梁上冷若冰霜的眼神看着她了，她完全明白我想对她说什么。"听着，妈妈，"我在对她说，"你绝不能这样占一个疲惫的老头子的便宜。这样做是很缺德的。"我妈妈停下手，扭头看着我。然后她对小个子男人说："我认为我不该接受你这把价值二十多英镑的绸布雨伞。我想，我还是把出租车费给你，这件事就算完了。"

"不，不，不！"他喊道，"这绝对不可以！我做梦也不会这么做的！再过八百年也不会这么做！我绝对不会这样白拿你的钱！把雨伞收下吧，亲爱的夫人，别让雨淋湿了你们的肩膀！"

我妈妈得意地瞥了我一眼。"瞧见了吗，"她在对我说，"你错了。是他要我收下的。"

她在钱包里找了找，抽出一张一英镑钞票。她把钞票递给了小个子男人，男人接过去，把雨伞交给妈妈。接着，男人把钞票放进口袋，抬了抬帽子，迅速来了一个九十度鞠躬，说道："谢谢你，夫人，谢谢你。"然后就离开了。

"快到伞下面来，别淋湿了，亲爱的。"我妈妈说，"我们是不是很幸运？我还从没用过绸布雨伞呢。这我可买不起。"

"你一开始为什么对他那么凶？"我问。

"我想让自己相信他不是个骗子。"她说，"果然不是。他是一位绅士，我很高兴能帮到他。"

"是啊，妈妈。"我说。

"一位真正的绅士。"她继续说，"而且很有钱，不然也不会有一把绸布雨伞。我甚至怀疑他是个有头衔的人，类似哈利·戈慈沃西爵士之类。"

"没错，妈妈。"

"这对你是一个有益的教训。"她继续说道，"永远不要草率行事。千万不要急于给别人下结论，那样你就绝不会犯错。"

"他走了。"我说，"看。"

"哪儿？"

"就在那儿，他在过马路。天呐，妈妈，他走得好急啊。"

我们注视着那个小个子男人在车流中敏捷地左躲右闪。到了马路对面，他往左一拐，走得飞快。

"我觉得他看上去并没有很累，你说呢，妈妈？"

我妈妈没有回答。

"而且他看上去也并不想叫出租车。"我说。

我妈妈愣怔地、一动不动地站着，盯着马路对面的小个子男人。我们能清楚地看见他，他好像特别着急，在人行道上匆匆赶路，侧身避开其他路人，像行军的士兵一样甩着两条胳膊。

"他好像有什么事。"我妈妈板着脸说。

"什么事呢？"

"我不知道。"我妈妈没好气地说，"但我会弄清楚的。跟我来。"她抓住我的胳膊，我们一起过了马路。然后往左拐。

"你能看见他吗？"我妈妈问。

"能，就在那儿。他往右拐到另一条街上去了。"

我们走到街角，往右转弯。小个子男人在我们前面二十码左右，他像兔子一样蹿得很快，我们不得不拼命加快脚步才能跟上。现在雨下得更大了，我能看见雨水从他的帽檐滴到他的肩膀上，而我们俩在这把漂亮的绸布大伞下面，雨淋不着，安稳得很。

"他想干什么呢？"我妈妈说。

"如果他转过身看见我们怎么办？"我问。

"那我也不在乎。"我妈妈说，"他对我们撒了谎，说自己太累了，走不动路，这会儿却把我们遛得腿都快断了！他是个厚颜无耻的骗子！他是个坏人！"

"你是说他不是一个有头衔的绅士？"我问。

"别说话。"她说。

到了下一个十字路口，小个子男人又往右一拐。

然后往左拐。然后往右拐。

"我绝不会罢休的。"我妈妈说。

"他不见了！"我喊道，"他去了哪儿？"

"他进了那个门！"我妈妈说，"我看见的！进了那座房子！我的天呐，那是个酒馆！"

果然是个酒馆。门前印着几个大字：红狮酒馆。

"你不进去吧，妈妈？"

"不进去。"她说，"我们就从外面看着。"

酒馆正面有一个很大的厚玻璃窗，虽然里面起了些水蒸气，但只要靠近一点儿，我们还是能看得很清楚。

我们俩凑在酒馆的玻璃窗外，我抓着她的胳膊。大滴的雨水砸在我们的伞上，发出很响的声音。"我看到他了。"我说，"就在那儿。"

我们眼前的房间里挤满了人，弥漫着香烟的烟雾，那个小个子男人就在那中间。他已经脱掉了帽子和外套，正挤过人群朝吧台走去。到了那儿，他把双手放在吧台上，对酒保说话。我看见他的嘴唇在动，是在点酒。酒保转过身去，几秒钟后又返回来，手里端着一个小平底酒杯，里面是满满的浅褐色液体。小个子男人把一英镑钞票放在柜台上。

"那是我的一镑！"我妈妈压低声音说，"天啊，他可真有胆子！"

"杯子里是什么？"我问。

"威士忌。"我妈妈说，"纯威士忌。"

酒保收下那一英镑，没有找回零头。

"那一定是三重威士忌。"我妈妈说。

"什么是三重？"我问。

"是普通量的三倍。"她回答。

小个子男人端起酒杯，举到唇边。他把杯子微微倾斜，倾斜的角度更大了……杯底越翘越高……越翘越高……一眨眼的工夫，威士忌就被他一口气灌进了喉咙。

"这杯酒可够贵的。"我说。

"真不可理喻！"我妈妈说，"想想吧，花一个英镑，一口气喝个精光！"

"他花了不止一英镑。"我说，"他损失了一把二十多镑的绸布伞呢。"

"是啊。"我妈妈说，"他准是疯了。"

此刻，小个子男人端着空酒杯站在吧台前。他在微笑，一种喜悦的金光在他那张红扑扑的圆脸上绽放。我看见他把舌头伸出来舔白胡子，似乎在寻找最后一滴那种珍贵的威士忌。

慢慢地，他转身离开吧台，挤过人群，走向他挂帽子和外套的地方。他戴上帽子，穿上外套。然后，他用一种超级冷静和淡漠，一种你根本注意不到的动作，从衣帽架上挂着的许多湿淋淋的雨伞中拿起一把，转身离开。

"你看见了吗？"我妈妈尖叫道，"你看见他做了什么吗！"

"嘘！"我小声说，"他出来了！"

我们把伞放低，遮住我们的脸，然后从雨伞下面往外望。

他出来了，但是一眼也没有朝我们这边看。他撑开那把新的伞，举过头顶，快步地顺着原路往前走。

"原来这就是他的小把戏！"我妈妈说。

"完美。"我说，"厉害。"

我们跟着他回到刚才遇到他的那条主路上，然后，注视着他不费吹灰之力地用这把新伞再换得一英镑钞票。这次对方是一个又高又瘦的家伙，甚至没穿外套、没戴礼帽。交易一完成，小个子男人就在街上一溜小跑，消失在人群里了。不过这次他走的是相反方向。

"你瞧他多聪明！"我妈妈说，"他从不两次走进同一家酒馆！"

"他可以整晚都玩这个套路。"我说。

"是啊，"我妈妈说，"这是不用说的，但我想他肯定特别盼着老天爷下雨。"

书店

那个时候，如果你从特拉法拉广场走进查令十字街，再走几分钟就能看到右边有一家商店，窗户上方有几个大字：威廉·巴盖齐——珍本书店。

如果你透过窗户往里看，会看见墙上从地板到天花板都摆满了书，如果你推开门走进去，会立刻闻到旧纸板和茶叶的淡淡气味，伦敦的每一家二手书店里都弥漫着这种气味。你几乎总能看到店里有两三位顾客，几个沉默的、黑乎乎的身影，穿着大衣、戴着软毡帽，在一套套简·奥斯汀、特罗洛普、狄更斯和乔治·艾略特的文集中间搜寻，想找到一个首印版。

似乎从来不见店老板在周围盯着这些顾客，如果有人真的想出钱购买一本书，而不是顺手牵羊地拿走，就必须推开书店后面的一扇门，门上写着"办公室——付款处"。如果你走进办公室，会发现威廉·巴盖齐先生和他的助理穆里尔·托特尔小姐，他们坐在各自的桌子旁，全神贯注地忙着。

巴盖齐先生坐在一张昂贵的、十八世纪的红木大班台后面，托特尔小姐坐在几英尺外，她用的是稍小一些但同样典雅的家具——

一张摄政时期风格的写字台，台面是褪色的绿皮革。巴盖齐先生的桌上毫无例外会有一份当天的《伦敦时报》，以及《每日电讯报》、《曼彻斯特卫报》、《西部邮报》和《格拉斯哥先驱报》。他手边还有一本最新版的《名人录》，厚厚的、红封面，经常被他翻阅。托特尔小姐的写字台上有一台电动打字机，还有一个简单但非常漂亮的开放式盒子，里面放着信纸和信封，以及大量的回形针、订书机和其他秘书用品。

偶尔，并不是经常，会有一位顾客从书店走进办公室，把他挑中的书递给托特尔小姐，托特尔小姐查看一下用铅笔写在扉页上的价格，接过钱。如果必要的话，还会从写字台左边的抽屉里找出零钱。对于这些进进出出的人，巴盖齐先生连眼皮也不抬一下，如果有谁提了个问题，也都由托特尔小姐来回答。

无论是巴盖齐先生还是托特尔小姐，似乎都对书店里的情况毫不关心。事实上，巴盖齐先生认为，如果有人想把一本书偷走，那么就祝他好运吧。他知道得很清楚，那些书架上连一本值钱的初版书也没有。也许会有一本较为稀罕的高尔斯华绥的作品，或约翰·沃的早期版本，它们是从拍卖会上论堆买回的廉价品。肯定也有几套品相不错的博斯韦尔、沃尔特·斯科特、罗伯特、路易斯·史蒂文森等等，经常用半牛皮甚至全牛皮装订得十分精美，但这些图书是不可能被偷偷塞进大衣口袋的。就算一个无赖真的顺走了六七本书，巴盖齐先生也不会为此睡不着觉。他有什么可担心的？他知道书店本身一整年赚的钱也比不上密室业务两三天的盈利，里间办公室的事情才是最要紧的。

二月的一个早晨，天气恶劣，办公室窗外扫过一片白茫茫的雨夹雪，巴盖齐先生和托特尔小姐像往常一样坐在各自的桌旁，专心地，甚至可以说是入迷地做着自己的工作。巴盖齐先生捏着一支派克金笔，一边读着《泰晤士报》，一边在笔记本上潦草地做着笔记。时不时地，他会查一查《名人录》，再记上几笔。

托特尔小姐刚才在拆邮件，此刻在仔细查看着几张支票，把总数相加。

"今天有三张。"她说。

"一共多少？"巴盖齐先生问，并没有抬头。

"一千六百。"托特尔小姐说。

巴盖齐先生问："切斯特那个主教的屋里好像还没有回音，是吗？"

"主教住在宫殿里，比利，不住在屋里。"托特尔小姐说。

"我才不管他住在哪里呢。"巴盖齐先生说，"但是那样的人没有迅速回复，我多少感到有点儿不安。"

"实话告诉你吧，今天早晨有回音了。"托特尔小姐说。

"付钱了？"

"全额支付。"

"这我就放心了。"巴盖齐先生说，"我们以前没搞过主教，我还担心是不是太自作聪明了。"

"支票是一些律师寄来的。"

巴盖齐先生猛地抬起头。"附信了吗？"他问。

"附了。"

"念一下。"

托特尔小姐找出那封信，开始念道："先生您好，鉴于您本月四日的来信，现附一张五百三十七英镑的支票以偿清款项。史密森、布里格斯和埃利斯敬上。"托特尔小姐顿了顿，说道："好像没问题，是不是？"

"这次没问题。"巴盖齐先生说，"但不能再跟律师打交道了，也别再去招惹主教。"

"不惹主教我同意。"托特尔小姐说，"但我希望你不会把伯爵、勋爵等一下子都排除在外吧？"

"勋爵没问题。"巴盖齐先生说，"我们在勋爵那儿没遇到过什么麻烦，伯爵也是。我们是不是还搞过一位公爵？"

"多塞特公爵。"托特尔小姐说，"就是去年。一千多英镑。"

"真不错。"巴盖齐先生说，"我记得我在报纸头版一眼就挑中了他。"他停住话头，用小指甲挑出嵌在两个门牙间的食物碎屑。"我想说的是，"他继续说道，"头衔越大，脑子越傻。事实上，名字带头衔的人多半都是大傻瓜。"

"这话说得可不对，比利。"托特尔小姐说，"有的人得到头衔是因为做了非常出色的事情，比如发明盘尼西林或登上珠穆朗玛峰。"

"我说的是继承来的爵位。"巴盖齐先生说，"天生就有头衔的人多半都是大傻瓜。"

"你这点说对了。"托特尔小姐说，"我们跟贵族打交道从没遇到过一点儿麻烦。"

巴盖齐先生往椅子上一靠，严肃地望着托特尔小姐。"你知道吗？"他说，"说不定哪一天，我们会去搞一下皇室的人呢。"

"哦，太棒了。"托特尔小姐说，"狠狠敲他们一笔。"

巴盖齐先生继续凝视着托特尔小姐的侧影，他的眼睛里慢慢有了一点儿色眯眯的光。必须承认，以最高标准来判断的话，托特尔小姐的相貌是令人失望的。其实从任何标准来判断都很令人失望。她的脸很长，像马脸一样，牙齿也很长，上面还有一种类似硫黄的黄色，皮肤也是。她身上唯一的优点是胸部十分丰满，但就连这个也有瑕疵。她的胸前从左到右鼓出长长的、结结实实的一大块，第一眼看去还以为她身体上长出的不是两个独立的乳房，而是一块长长的大面包。

不过话说回来，巴盖齐先生自己也不是什么精致考究之人。第一次看见他的人，脑海里立刻会跳出"邋遢"这个词。他是个矮胖子，大腹便便、秃头、皮肉松弛，对于他的那张脸，你只能猜测它的模样，因为能让你看见的东西不多。脸的大部分都被浓密的、微微卷曲的黑胡子遮住了。这恐怕是当时盛行的一种潮流，这是一种愚蠢的做法，偶尔也是一种龌龊的习惯。为何这么多男性希望隐藏他们的面部特征呢？在我们这些凡人看来也是匪夷所思。你忍不住会想，如果这些人的鼻子、面颊和眼睛上都能长出毛来，最后你可能就看不见他们的脸了，只能看见一个污秽而恶臭的毛球。看着这样一个胡子拉碴的男性，你只能得出一个结论：胡子是一种障眼法，他故意让它长得蓬蓬勃勃，以掩盖某些不雅观或不堪入目的东西。

几乎可以肯定巴盖齐先生就是这种情况，因此，胡子的存在对我们大家，特别是托特尔小姐来说都是一件幸事。巴盖齐先生继续色眯眯地盯着他的助理。然后他说："宝贝，麻烦你加快点儿速度，把这些支票存起来，等你忙完了，我有个小小的建议要对你说。"

托特尔小姐扭头看着说话的人，对他虚假地笑笑，露出嘴里尖尖的硫黄色牙齿。每次他管她叫"宝贝"，都无疑表明一种淫荡的感觉开始在巴盖齐先生的胸口，以及身体的其他部位蠢蠢欲动。

"现在就告诉我吧，亲爱的。"她说。

"你先把支票的事办了。"他说。他有时候是很霸道的，托特尔小姐认为这点很迷人。

托特尔小姐于是开始了她所说的日常审计工作。这涉及查看巴盖齐先生和她自己的所有银行账户，决定把新到手的几张支票存入其中的哪个户头。在这个特定的时刻，巴盖齐先生名下有整整六十六个不同账户，托特尔小姐有二十二个。这些都分散在伦敦三大银行——巴克莱、劳埃德和国民西敏寺——的各家支行，还有几家在郊区。这没有什么问题。而且，随着生意越做越成功，他们俩随便哪一个走进三大银行的任何一家支行，开一个活期账户，存进几百镑作为开户存款，都不是什么难事。然后他们会拿到一个支票本和一个存款簿，银行还承诺每个月出一份对账单。

巴盖齐先生很早就发现，如果一个人在某个银行的几家或多家分行都有账户，并不会引起职员的质疑。每家支行都只负责自己的客户，客户的名字不会被传到其他支行或者总行，即使是在如今这个计算机化的时代。

另一方面，法律要求银行把定期账户金额超过一千英镑的所有客户的名字都报给税务局，还必须报告所获利息的金额。但这条法律不适用于活期账户，因为活期没有利息。谁也不会去注意一个人的活期账户，除非它被透支，或账户余额变得惊人巨大，但这种事很少发生。一个活期账户如果有，比方说，十万英镑，便足以让一两位职员吃惊地扬起眉毛，然后那位客户几乎百分之百会接到经理一封措辞恳切的信，建议他把一些钱存进定期账户里吃利息。可是巴盖齐先生根本不在乎利息，他也不想让别人扬起眉毛，所以，他和托特尔小姐一共开了八十八个不同的银行账户，托特尔小姐负责监督每个账户的存款金额不超过两万英镑。在巴盖齐先生看来，只要超过这个数目，特别是这笔钱还趴在活期账户上好几个月或好几年不动弹，都会让人吃惊地扬起眉毛。两位合伙人达成的协议是：

盈利的百分之七十五归巴盖齐先生，百分之二十五归托特尔小姐。

托特尔小姐的日常审计工作包括：查看她记录的所有这八十八个不同账户的余额清单，然后决定应该把当天的支票存入哪个账户。她的文件柜里有八十八份不同的文件，每个账户各一份，还有八十八个不同的支票本和八十八个不同的存款簿。托特尔小姐的任务不复杂，但必须保持头脑清晰，不出差错。就在前一个星期，他们不得不在四家不同的新支行开了四个新账户，巴盖齐先生三个，托特尔小姐一个。"过不了多久，我们名下就有超过一百个账户了。"巴盖齐先生当时对托特尔小姐说道。

"为什么不是超过二百个？"托特尔小姐当时问。

"会有那一天的。"巴盖齐先生说，"到时候，英国这片地区的所有银行都被我们用遍了，你和我不得不千里迢迢跑到桑德兰或纽卡斯尔去开新的账户。"

此刻，托特尔小姐埋头于她的每日审计工作。"完成了。"她说，把最后一张支票和存款单塞进信封。

"现在我们的账户上一共有多少钱？"巴盖齐先生问她。

托特尔小姐打开她写字台中间的抽屉，拿出一个简单的小学生练习本。她在封面上写着"我小学的算术作业本"。她认为这是一个很巧妙的策略，万一本子落到坏人手里，也不会被发现什么。"我先把今天的存款加上。"她说，然后找到那一页，把数字写下来。"有了。加上今天的，你的六十六个账户里共有一百三十二万零六百四十三镑，如果你最近几天没兑换支票的话。"

"我没有。"巴盖齐先生说，"那么你有多少？"

"我有……四十三万零七百二十五镑。"

"很好。"巴盖齐先生说，"我们赚到这笔漂亮的小钱花了多长时间？”

“也就十一年。”托特尔小姐说，“那么，你想对我提的那个小小的建议是什么呢，亲爱的？”

“啊。”巴盖齐先生说着，放下手里的金笔，身子往后一靠，又用那色眯眯的浅色眼睛盯着她，“我刚才在想……我其实是在考虑……像我这样一个百万富翁，凭什么要在这肮脏的、冻死人的天气里坐在这里受罪？我完全可以在游泳池边悠闲地享受奢侈的生活嘛，身边有你这样的漂亮妞儿陪伴，穿制服的服务生不时地给我们端来一杯杯加了冰的香槟。”

“说得是啊！”托特尔小姐喊道，咧开嘴笑了。

“快把书拿出来，看看还有哪儿我们没去过。”

托特尔小姐走到对面墙上的书架前，拿下一本厚厚的平装书，书名是《瑞内·莱克勒精选世界 300 家最佳酒店》。她回到椅子上，说道：“这次去哪儿呢，亲爱的？”

“非洲北部的什么地方吧。”巴盖齐先生说，“现在是二月，至少要到非洲北部才能真正暖和。意大利气温还不够，西班牙也不行。我不想再去该死的西印度群岛了，我已经受够了那里。非洲北部还有哪里我们没去过？”

托特尔小姐翻着那本书。“这就难了。”她说，“我们去过非斯的贾迈宫殿……塔鲁丹特的金瞪羚……和突尼斯的突尼斯希尔顿。我们不喜欢那家……”

“我们一共去过书里多少个地方了？”巴盖齐先生问她。

“我上次数好像是四十八个。”

“我真想在收手前把这三百家都去个遍。”巴盖齐先生说，“这是我的宏伟理想，我敢说以前从来没有人做到过。”

"我想瑞内·莱克勒肯定做到过。"托特尔小姐说。

"这是谁?"

"写书的那个人。"

"他不算。"巴盖齐先生说。他斜靠在椅子上,开始若有所思地、慢慢地挠他的左边屁股。"我敢说他也没有。这些旅游手册都是派一些阿猫阿狗去帮着跑腿的。"

"这家不错!"托特尔小姐叫道,"马拉喀什的拉马穆尼亚酒店。"

"在哪儿?"

"在摩洛哥。就在非洲的左上角。"

"那就去吧。书上怎么说的?"

"书上说,"托特尔小姐读道,"这是温斯顿·丘吉尔最喜欢下榻的酒店,他在阳台上多次描绘过阿特拉斯山的日落。"

"我不会画画。"巴盖齐先生说,"还说了什么?"

托特尔小姐继续往下读:"穿制服的摩尔侍者领你走进带柱廊和格子花砖的庭院,你便一脚迈入了一千零一夜的奇妙意境……"

"这还差不多。"巴盖齐先生说,"接着念。"

"当你结账离开时,才会重新回到现实中来。"

"我们百万富翁没这个烦恼。"巴盖齐先生说,"好,我们明天就出发。现在就给旅行社打电话,订头等舱。让书店关门十天。"

"今天的信不写了吗?"

"去他的今天的信。"巴盖齐先生说,"从现在起我们就度假了,快去跟旅行社联系。"他把身子靠到另一边,开始用右手的手指挠左边的屁股。托特尔小姐注视着他,巴盖齐先生看到她在注视自己,但他根本不在乎。"快给旅行社打电话。"他说。

"我最好去开几张旅行支票。"托特尔小姐说。

"开五千英镑，支票我来写，这次算我的。给我一个支票本，挑一家最近的银行，给那个不管在什么地方的酒店打电话，订他们那儿最大的套房。只要你订最大的套房，就肯定不会订不到。"

二十四小时后，巴盖齐先生和托特尔小姐已经在马拉喀什的拉马穆尼亚酒店的游泳池边，一边喝着香槟，一边晒日光浴了。

"这才是生活啊。"托特尔小姐说，"我们为什么不干脆退休，在这种气候的地方买一座大房子呢？"

"为什么要退休？"巴盖齐先生说，"我们在伦敦干着最好的买卖，我个人觉得很有乐趣。"

在游泳池的另一边，十来个摩洛哥侍者正在为客人们准备豪华丰盛的自助午餐。有巨大的冷龙虾、粉红色的大火腿、烤童子鸡，还有几种米饭和十多种不同的沙拉。一位厨师在炭火上烤牛排。客人们开始从沙滩椅和垫子上站起来，手里拿着盘子，在自助餐那儿逗留。有人穿着泳衣，有人穿着轻薄的夏装，大多数人都戴着遮阳帽。巴盖齐先生注视着他们，他们几乎无一例外都是英国人，都是非常富有的英国人，彬彬有礼，很有教养，体重超标，说话高门大嗓，十分乏味。他在牙买加和巴巴多斯等诸如此类的地方都见过他们。看得出来，他们中的许多人互相认识，因为他们在家时就在同一个圈子里活动，这是不用说的。但不管他们是否认识，肯定都是彼此接受的，因为他们都同属一个无名而高端的俱乐部。这个俱乐部里的任何一位成员，通过某种微妙的社交魔力，都能一眼识别另一位正式会员。没错，他们会对自己说："他是我们中间的一员，她是我们中间的一员。"巴盖齐先生不是他们中间的一员，他现在不在俱乐部里，他以后也进不去。他是个新人，因此，不管他手里有多少钱，都是不被接纳的。超级大富翁可能跟巴盖齐先生一样粗俗，甚至更加粗俗，但他们的粗俗是另一种范儿。

"就是这些人。"巴盖齐先生隔着泳池看着那些客人，"他们是我们的衣食父母。其中每个人都可能成为我们未来的客户。"

"你说得太对了。"托特尔小姐说。

巴盖齐先生躺在一个有蓝色、红色和绿色条纹的垫子上，用一个胳膊肘支着脑袋，盯着那些客人。他的肚腩打着好几个褶儿鼓在泳裤外面，汗珠从肉褶子里淌出来。此刻他转过目光，凝视着托特尔小姐慵懒的身体，她正躺在旁边的垫子上。托特尔小姐那长面包似的胸脯箍在一道鲜红色的比基尼里。比基尼的下半身十分简约大胆，可能布料有点儿太单薄了，巴盖齐先生能隐约看见她大腿根内侧的黑毛。

"我们吃午饭去吧，宝贝，然后回我们的房间午睡一会儿，好吗？"

托特尔小姐露出她的硫黄色牙齿，点了点头。

"然后，我们写几封信。"

"写信？"她叫了起来，"我不想写信！我们不是来度假的吗？！"

"确实是在度假，宝贝，但我不想让大好的生意白白错过。酒店会借给你一台打字机，我已经核实过了，他们还把酒店的《名人录》借给了我。全世界每一家上等酒店都有一本英文版的《名人录》，因为经理想知道谁是重要人物，然后他就可以溜须拍马。"

"他们在那里面不会找到你。"托特尔小姐说。她这会儿有点儿没好气了。

"是啊。"巴盖齐先生说，"这点我同意。但他们在里面也不会找到多少比我更有钱的人。在这个世界上，你是谁不重要，我的姑娘。甚至你认识谁也不重要。真正要紧的是你拥有什么。"

"我们以前度假时从来不写信。"托特尔小姐说。

"凡事都有第一次嘛,宝贝。"

"没有报纸我们怎么写信?"

"你知道得很清楚,他们都会把英国报纸航空寄到这样的酒店。我们入住时,我在大堂里买了一份《泰晤士报》。这其实跟我昨天在办公室工作没什么两样,我的大部分作业已经完成了。我有点儿想吃一只那边的那个龙虾。你见过比那更大的龙虾吗?"

"可是你肯定没法把信从这里寄出去,是不是?"托特尔小姐说。

"当然不能。我们先把日期空着,等一回去就标上日期寄走。那样我们就能攒下一大堆的信。"

托特尔小姐盯着游泳池对面桌上的龙虾,然后看着那些到处乱转的人,她探过身,把一只手放在巴盖齐先生的大腿上,从泳裤下面探到大腿高处。她开始抚摸他汗毛密布的大腿。"好啦,比利,"她说,"我们为什么不像以前一样好好度假,把写信的事放到一边呢?"

"你肯定不愿意我们每天让一千英镑打水漂吧?"巴盖齐先生说,"其中四分之一是你的,别忘了。"

"我们没有公司的信纸,又绝不能用酒店里的纸。"

"信纸我带着呢。"巴盖齐先生得意地说,"我带了整整一箱。还有信封。"

"噢,好吧。"托特尔小姐说,"你能给我拿一点儿那种龙虾吗,亲爱的?"

"我们一起去。"巴盖齐先生说。他站起身,穿着那条两年前在火奴鲁鲁买的几乎长及膝盖的泳裤,大摇大摆地绕过游泳池。裤子上的图案是绿色、黄色和白色的花。托特尔小姐站起来跟上了他。

巴盖齐先生正忙着拿取食物,突然听见身后有个男人说道:

"菲奥娜，我想你还没有见过史密斯·斯文森吧……这位是海吉柯克女士。"

"你好。"……"你好。"他们互相打招呼。

巴盖齐先生扭头看着那几个说话者。一对穿泳衣的男女和两个穿棉布裙的老年女性。"这两个名字，"他想，"我以前听过这两个名字，没错……史密斯·斯文森……海吉柯克女士。"他耸了耸肩，继续往盘子里装食物。

几分钟后，他和托特尔小姐一起坐在阳伞下的一张小桌旁，每个人都在津津有味地吃着硕大的半只龙虾。"告诉我，海吉柯克女士这个名字使你想起什么没有？"巴盖齐先生嘴里塞得满满的问道。

"海吉柯克女士？她是我们的一位客户呀。以前的客户。这样的名字我一辈子也忘不了。怎么啦？"

"还有一个史密斯·斯文森夫人呢？你也有印象？"

"是啊，没错。"托特尔小姐说，"这两个名字我都记得。你怎么突然问起来？"

"因为她们俩就在这儿。"

"上帝啊！你怎么知道的？"

"而且，我的姑娘，她们俩在一起！她们俩是朋友！"

"不可能！"

"哦，这是真的！"

巴盖齐先生说了他是怎么知道的。"她们在那儿。"他说，用一把头上沾了蛋黄酱的叉子指了指，"那两个正跟高个子男女说话的胖老太婆。"

托特尔小姐好奇地瞪大眼睛看着。"说真的，"她说，"我们干这一行这么多年了，我还从没见过一位客户的真面目呢。"

"我也没有。"巴盖齐先生说，"有一点是肯定的。我选她们选得没错，是不是？她们超级有钱，这是一目了然的。而且非常愚蠢，这更是一目了然的。"

"比利，她们俩互相认识，你说这会不会有危险呢？"

"这完全是一次该死的巧合，"巴盖齐先生说，"但我认为没什么危险，她们谁也不会透露一个字。妙就妙在这里。"

"我认为你说得对。"

"只可能有一个危险，"巴盖齐先生说，"就是万一她们在登记簿上看到我的名字。我的名字像她们的一样比较罕见。那肯定会立刻引起注意。"

"房客是看不见登记簿的。"托特尔小姐说。

"这倒是的。"巴盖齐先生说，"不会有人来烦我们的。以前没有，以后也不会有。"

"龙虾太惊艳了。"托特尔小姐说。

"龙虾是壮阳食物。"巴盖齐先生一边不停地吃着，一边大声说。

"你想到的是牡蛎吧，亲爱的。"

"我没想到牡蛎。牡蛎也是壮阳食物，但龙虾的力道更大。一盘龙虾能让人变得疯狂。"

"像你一样，是吗？"她说，在椅子里扭动着屁股。

"也许吧。"巴盖齐先生说，"我们只需等着瞧，是不是，宝贝？"

"没错。"她说。

"幸亏它们这么贵。"巴盖齐先生说，"如果每个阿猫阿狗都能吃得起它们，那满世界还不都是性欲狂了？"

"快吃吧。"她说。

吃过午饭，两人来到楼上他们的套房，在那张超级大床上折腾了很短一段时间。然后他们睡了个午觉。

此刻，他们在私人会客室里，身上除了睡衣什么也没穿，巴盖齐先生穿的是紫红色丝绸睡衣，托特尔小姐穿的是淡粉色和浅绿色睡衣。巴盖齐先生靠在沙发上，腿上放着一份昨天的《泰晤士报》，咖啡桌上放着一本《名人录》。

托特尔小姐坐在写字台旁，面前是一台酒店的打字机，手边放着一个笔记本。两人又喝上了香槟。

"这一位特别棒。"巴盖齐先生说，"爱德华·莱什曼爵士，讣告排在第一个，空气动力公司董事长。这报上说他是当今最重要的实业家之一。"

"不错。"托特尔小姐说，"看看他的妻子是不是活着。"

"留下遗孀和三个孩子。"巴盖齐先生读道，"还有……等一等……《名人录》上说，业余爱好是散步和钓鱼。俱乐部是怀特之家和改革派。"

"地址？"托特尔小姐问。

"威尔特郡安多弗的红色山庄。"

"莱什曼是用哪几个字母拼的？"托特尔小姐问。巴盖齐先生告诉了她。

"我们要多少呢？"

"尽量多要。"巴盖齐先生说，"他腰包很鼓。就要他九百左右吧。"

"要不要把《垂钓大全》塞进去？这上面说他喜欢钓鱼。"

"对。第一版，四百二十镑。其他的你都心里有数了。快把它敲出来，我又挑到一个好的。"

托特尔小姐把一张纸放进打字机，飞快地打起字来。这么多年，她已经写过几千封这样的信了，绝不会停下来打一个磕绊。她甚至知道怎么编辑书单，使得总价格差不多是九百镑、三百五十镑或五百二十镑等等。她会凑出巴盖齐先生认为客户愿意承担的那个价格。巴盖齐先生知道，这个特殊行当的秘密之一就是绝不能太贪心。对任何人，哪怕是大名鼎鼎的百万富翁，也绝不能超过一千镑。

托特尔小姐打出来的这封信是这样的：

威廉·巴盖齐——珍本书店

伦敦

查令十字街甲 27 号

亲爱的莱什曼夫人：

十分抱歉在您失去亲人的悲痛时刻打扰您，遗憾的是在这种情况下我别无选择。

我有幸在许多年里为您已故的丈夫服务，并总是把账单寄至怀特之家俱乐部，同时寄去的还有许多包图书，都是他怀着极大的热情收集的。

他一向都是一位做事果断、亲切宜人的绅士。我在下面列出他最近购买的一些图书，都是他在去世前刚下单订购的，已按惯常的方式寄送给他。

也许我应该向您解释一下，这类出版物通常十分稀罕，因而价格不菲。有些属私人印刷，有些在本国属禁书，价格也就更加昂贵。

亲爱的夫人，请您放心，我做生意一向绝对保密。我多年来的良好声誉就是我做事谨慎的最好证明。账单支付

之后，您不会再听说此事，当然，除非您碰巧发现您已故
丈夫收藏的色情图书，那样的话，我很愿意开价向您回购。

书单如下：

《垂钓大全》，伊萨克·沃尔顿著，首印版，品相新，
略有毛边，珍本。四百二十镑

《爱上皮草》，莱昂普德·冯·萨克－马松著，
一九二〇年版，带函套。七十五镑

《性的秘密》，译自丹麦语。四十镑

《年过六旬如何取悦少女》，带插图，巴黎私人印刷。
九十五镑

《惩罚的艺术—— 杖、鞭和绳索》，译自德语，在英国
被禁。一百一十五镑

《三个风骚的修女》，品相新。六十镑

《绑束—— 手铐和丝带》，带插图。八十镑

《为何少女喜欢老男人》，带插图，美国版。九十镑

《伦敦三陪女和舞女大全》，最新版。二十镑

总计
九百九十五镑

顺致问候

威廉·巴盖齐

"完成。"托特尔小姐说，把信纸从打字机里抽出来，"这封信写好了。可是你发现了吗，我的'圣经'没有带来，回去后还得核实一下名字再把信寄出去。"

"那是。"巴盖齐先生说。

托特尔小姐的"圣经"是一个很大的索引文件夹，里面记录了他们开业以来写过信的每一位客户的姓名与地址。这是为了尽量保证不让同一个家庭里的两位成员都收到巴盖齐账单。那样就会出现两人互相交换意见的危险。这个档案还能防止在第一任丈夫死后已收到一份账单的寡妇在第二任丈夫去世时又收到一份。不用说，那肯定就会泄露天机。没有办法能绝对避免这种可怕的失误，因为寡妇再婚后会改变姓氏，但托特尔小姐训练出一种直觉，能嗅出这样的陷阱，而这本"圣经"给她提供了帮助。

"下一个是谁？"托特尔小姐问。

"下一个是莱昂内尔·安斯特鲁瑟少将。找到了。在《名人录》里占了差不多六英寸的篇幅。俱乐部是陆军和海军。业余爱好是骑马打猎。"

"我猜他是从马上摔下来，跌断了他该死的脖子。"托特尔小姐

说，"就从首版的《猎狐者回忆录》开始，好吗？"

"可以。二百二十镑。"巴盖齐先生说，"总价在五百到六百之间吧。"

"好的。"

"把《马鞭的刺痛》放进去。对那些打狐狸的人来说，鞭子是再正常不过的。"

两人就这样工作着。

马拉喀什的假期过得很愉快，九天后，巴盖齐先生和托特尔小姐回到了查令十字街的办公室，两人的皮肤都晒得红红的，就像他们吃的一大堆的龙虾壳一样。他们迅速恢复了平常那种令人兴奋的例行工作。日复一日，信寄出去，支票寄回来，生意做得顺风顺水。当然，那是因为他们对其中的心理分析十分合理。在一位寡妇悲痛欲绝的时候，用一件令人难以忍受的事情，一件她巴不得忘到脑后、不再想起的事情，一件她不想让任何人发现的事情，打她一个措手不及。而且，葬礼迫在眉睫，她只想赶紧花钱摆脱这件见不得人的小事。巴盖齐先生深谙此道。他干这行这么多年来，一次也没有遭到抗议或收到愤怒的回复，只会收到装在信封里的一张支票。偶尔，但并不常见，信如石沉大海。那位不信邪的寡妇非常勇敢，把他的信扔进了废纸篓，使事情到此为止。她们谁也不敢质疑这份账单，因为她们无法百分之百认定已故的丈夫像妻子相信或希望的那样纯洁无瑕。男人都是那副德性。当然啦，在多数情况下，那位寡妇很清楚自己的爱人是个老色鬼，巴盖齐先生的账单并不令人感到意外。于是她们付钱付得更快。

他们从马拉喀什回来大约一个月后，在三月的一个阴雨连绵的下午，巴盖齐先生正舒舒服服地靠在办公室里，两只脚跷在豪华的大班台上，向托特尔小姐口授一位已故著名海军上将的一些情况。"业余爱好，"他读着《名人录》里的内容，"园艺、帆船和集邮……"就在这时，办公室的门开了，一个年轻男子手里拿着一本书走了进来。"巴盖齐先生吗？"他说。

巴盖齐先生抬起目光。"那儿。"他说，朝托特尔小姐挥了挥手，"她给你结账。"

年轻男子站着没动。海军蓝的大衣被雨淋湿，雨水从他头发上滴落下来。他没有看托特尔小姐。他的眼睛盯着巴盖齐先生。"你不想收钱吗？"他问，态度十分友好。

"她管收钱。"

"你为什么不收钱？"

"因为她是收银员。"巴盖齐先生说，"你想买书就去那儿。她会接待你的。"

"我情愿跟你交涉。"年轻男子说。

巴盖齐先生抬头看着他。"快去。"他说，"听话，按我说的去做。"

"你就是老板？"年轻男子说，"你就是威廉·巴盖齐先生？"

"是又怎么样？"巴盖齐先生说，双脚仍然跷在桌上。

"到底是不是？"

"跟你有什么关系？"巴盖齐先生说。

"那就没问题了。"年轻男子说，"你好，巴盖齐先生。"此刻他的嗓音里有一种轻蔑和嘲讽混杂的奇怪腔调。

巴盖齐先生把脚从桌上拿下来，略微挺直了身子。"你这小子想来无理取闹，是吗？"他说，"如果你想要那本书，我建议你去那边付钱，然后赶紧滚蛋。明白吗？"

年轻男子转向仍然开着的、通向书店前部的那扇门。门的那边有两个穿雨衣的普通顾客，正把书从书架上抽下来查看。

"母亲。"年轻男子轻声唤道，"你可以进来了，母亲。巴盖齐先生在这里。"

一个六十岁左右的娇小女人走进来，站在年轻男子身边。她虽上了年纪，但身材匀称，那张脸曾经肯定十分迷人，如今已显露出焦虑和疲惫，一双浅蓝色的眼睛因悲伤而变得无神。她穿着黑大衣，戴着一顶简单的黑帽子。她让身后的门敞开着。

"巴盖齐先生，"年轻男子说，"这是我的母亲。诺斯柯特夫人。"

托特尔小姐对名字过目不忘，她立刻转过身，看着巴盖齐先生，嚅动嘴唇发出小小的警告。巴盖齐先生心领神会，尽量礼貌地说道："请问我能为您做点儿什么，夫人？"

女人打开她的黑色手提包，掏出了一封信。她小心地把信展开，递过来给巴盖齐先生。"那么，这封信是你寄给我的吧？"她说。

巴盖齐先生接过信，端详了很长时间。托特尔小姐早已从椅子上转过身，注视着巴盖齐先生。

"是的。"巴盖齐先生说，"这是我的信和我的账单。准确无误。请问有什么问题，夫人？"

"我来是想问问你，"女人说，"你确定没有弄错？"

"恐怕是的，夫人。"

"但是太不可思议了……我无法相信我丈夫购买了那些书。"

"让我看看，您的丈夫，名叫……名叫……嗯……"

"诺斯柯特。"托特尔小姐说。

"是的，诺斯柯特先生，没错，是的，诺斯柯特先生。他不怎么光顾，大概每年有那么一两次，但他是个很好的顾客，一位非常

165

文雅的绅士。夫人，请允许我对您的不幸表示诚挚的慰问。"

"谢谢你，巴盖齐先生。但是你真的确定没有把他跟别的什么人搞混吗？"

"绝无可能，夫人，绝无半点儿可能。我这位出色的秘书会证实没有弄错。"

"我可以看看吗？"托特尔小姐说，她站起身，走过来接过巴盖齐先生手里的信。"是的。"她仔细看着信说道，"是我亲手打的，没有弄错。"

"托特尔小姐跟我一起工作很长时间了。"巴盖齐先生说，"她对业务十分精通。我不记得她什么时候出过错。"

"我希望没有错。"托特尔小姐说。

"所以没有问题，夫人。"巴盖齐先生说。

"这绝对不可能。"女人说。

"咳，男人就是男人。"巴盖齐先生说，"偶尔都会给自己找点儿乐子，这无伤大雅，不是吗，夫人？"他稳稳地、自信满满地坐在椅子上，等着事情结束。他觉得自己能掌控全局。

女人站得笔直，一动不动，直视着巴盖齐先生的眼睛。"你账单上列的这些奇怪的书，"她说，"是用盲文印的吗？"

"什么？"

"盲文。"

"我不知道你在说些什么，夫人。"

"果然不出所料。"她说，"我丈夫只能读盲文。他四十多年前在阿拉曼战役中失去了视力，从那以后就是个盲人。"

办公室里突然变得十分安静。母子俩近乎凝固地站在那里，注视着巴盖齐先生。托特尔小姐转过身看着窗外。巴盖齐先生清了清嗓子，似乎要说些什么，想想还是没说。那两个穿雨衣的人离得很近，透过敞开的门听清了每一句话，此刻，他们静静地走进办公室。其中一个掏出一张塑料卡片，对巴盖齐先生说："伦敦警察厅重案组的理查兹检察官。"然后，他对已经挪回到自己办公桌旁的托特尔小姐说："请不要碰那些文件，小姐。让一切保持现在的样子。你们俩都跟我们走一趟。"

儿子轻轻挽起母亲的胳膊，领着她离开办公室，穿过书店，走到街上。

初刊于《花花公子》1987.1

复仇在我

我醒来时外面在下雪。

我知道在下雪，是因为屋里有一种亮光，窗外十分安静，街道上没有传来脚步声，也听不到车轮声，只听见汽车驶过时的马达声。我抬起头，看见乔治在窗口，穿着绿色的晨衣，弯腰在煤油炉上煮咖啡。

"下雪了。"我说。

"很冷。"乔治回答，"特别冷。"

我下了床，去门外把晨报拿进来。真的很冷，我赶紧跑回来跳到床上，钻进被窝里又躺了一会儿，把两只手紧紧地夹在双腿间取暖。

"没有信？"乔治说。

"没有，没有信。"

"看样子那老家伙不肯出血啊。"

"也许他认为一个月四百五十元够用了。"

"他从没来过纽约。不知道这里的生活开销有多大。"

"你不应该一星期就把钱都花光。"

乔治直起身，看着我。"准确地说，是我们不应该把它花光。"

"没错。"我说，"我们。"我开始看报纸。

咖啡已经好了，乔治把壶端过来，放在我们两张床中间的桌子上。"没有钱是没法过日子的。"他说，"那老家伙应该知道这一点。"他又钻回床上，绿色晨衣没有脱。我继续看报纸，看完了赛车版、足球版，又开始看莱昂内尔·潘塔隆专栏，此人就是那位了不起的政治和社会专栏作家。潘塔隆的专栏我每期都看——全国另外两三千万人也都在看。看他的专栏已成为我的习惯，甚至不只是习惯。它是我每天早晨不可缺少的一部分，就像喝三杯咖啡，就像剃须。

"这家伙真有胆量。"我说。

"谁？"

"这个莱昂内尔·潘塔隆。"

"他又说什么了？"

"还是他每天都说的那一套，还是那种绯闻，总是跟富翁有关。听听这段：'……有人看见在企鹅夜总会……银行家威廉·翁伯格和美女明星特莱莎·威廉姆斯在一起……接连三个晚上……翁伯格夫人因患头疼留在家中……任何一位妻子都会这么做，如果她的丈夫某个夜晚要出去陪威廉姆斯小姐……'"

"翁伯格被整惨了。"乔治说。

"我认为这很缺德。"我说，"这类事情可能会导致离婚。潘塔隆写出这样的东西竟然没事，怎么做到的？"

"他一向如此，他们都怕他。但如果我是威廉·翁伯格，"乔治说，"你知道我会怎么做吗？我会直接找上门，冲着莱昂内尔·潘塔隆的鼻子来上一拳。没错，这是对付那些家伙的唯一办法。"

"翁伯格先生不会那么做的。"

"为什么？"

"因为他是个老人。"我说，"翁伯格先生是一个德高望重、受人尊敬的老人。他是城里一位非常显赫的银行家。他不可能……"

就在这时，事情发生了。那个主意一下子就从不知什么地方冒了出来。我对乔治说话说到一半，突然灵机一动，我立刻停住话头，可以感觉到那个想法好像正自动涌进我的脑海，我静静地等待、接纳，于是它就这样不断地涌进来，很快，我几乎还没明白过来是怎么回事，那个完整的计划就形成了，那个精彩而绝妙的计划，在我脑海里勾勒得清清楚楚。我一下子就知道了那是一条妙计。

我转过身，看见乔治一脸惊讶地盯着我。"怎么了？"他说，"出什么事了？"

我十分沉着冷静。我伸手又倒了一些咖啡，才允许自己开口说话。

"乔治，"我说，仍然保持镇静，"我想出一个主意。现在你仔细听我说，因为我想出一个会让我们俩发大财的主意。我们现在破产了，不是吗？"

"是啊。"

"再看这个威廉·翁伯格，"我说，"你认为他今天早晨是不是被莱昂内尔·潘塔隆弄得很生气？"

"生气！"乔治喊了起来，"生气！嘿，他准是气得发疯！"

"差不多吧。你认为他想不想看到莱昂内尔·潘塔隆的鼻子上结结实实挨一拳？"

"肯定想啊！"

"那你现在告诉我，如果有人悄悄地、干脆利落地替他完成这件抡拳头打鼻子的事，翁伯格先生是不是愿意付一笔钱给他呢？"

乔治转过脸看着我，然后，轻轻地、小心翼翼地把他的咖啡杯放在桌上。他咧开嘴，脸上慢慢绽开一个灿烂的笑容。"我明白了。"他说，"我明白这个主意了。"

"那只是这个主意的一小部分。如果你读读潘塔隆的这个专栏，会发现今天还有一个人受到了侮辱。"我拿起报纸，"这儿有个埃拉·金普尔夫人，是一位重要的社会名流，在银行里或许存着一百万美元……"

"潘塔隆说了她什么？"

我又看了看报纸。"他含沙射影，"我回答道，"说她通过举办轮盘赌派对，冒充大款，赚了自己的朋友很多钱。"

"金普尔被整惨了。"乔治说，"还有翁伯格。金普尔和翁伯格。"他在床上坐直身子，等我继续往下说。

"这样，"我说，"今天早晨就有两个不同的人都对莱昂内尔·潘塔隆恨之入骨，都恨不得冲出去给他的鼻子上来一拳，可是他俩谁都不敢这么做。这点你明白吧？"

"完全明白。"

"这是莱昂内尔·潘塔隆的情况。"我说，"可是你别忘了，还有许多跟他一样的人，还有几十个其他专栏，整天不做别的，专门给有钱有势的人泼脏水。有哈利·威曼、克劳德·泰勒、雅各布·斯温斯基、沃尔特·肯尼迪，还有一大帮其他人。"

"说得对，"乔治说，"完全正确。"

"我告诉你，对有钱人来说，没有什么比在报纸上受嘲笑和侮辱更让他们暴跳如雷的了。"

"接着说，"乔治说，"接着说。"

"好吧。我的计划是这样的。"我自己也变得很兴奋。我从床边探出身，把一只手放在小桌上，说话时挥动着另一只手。"我们要立刻成立一个机构，就叫它……叫它什么好呢……就叫它……让我想想……就叫它'复仇在我公司'……怎么样？"

"这名字挺别致。"

"是《圣经》里的话。很不错，我喜欢。'复仇在我公司'，听上去很顺口。我们要印一些小卡片，寄给所有的客户，提醒他们受到了当众的侮辱和嘲笑，并且提出，可以在获取酬劳的基础上帮他惩罚那个冒犯者。我们把所有的报纸都买来，把所有的专栏都读一遍，然后每天给潜在客户寄出十几张或更多我们的卡片。"

"太妙了！"乔治喊道，"简直神了！"

"我们会挣到大钱。"我对他说，"一眨眼的工夫，我们就会腰缠万贯。"

"必须立刻开始行动！"

我从床上跳下来，拿了一个写字板和一支铅笔，又跑回到床上。"好了，"我屈起毯子下的膝盖，把写字板靠在上面，"首先需要决定在我们寄给客户的卡片上印些什么。"我在纸的顶部写上"复仇在我公司"作为标题。然后，我斟词酌句，写了一封措辞考究的信，介绍我们公司的功能："因此，'复仇在我公司'将以绝对秘密的形式，代表您给予此位专栏作家适当的惩罚……我们谨向您提供这方面的几个不同选择（并附价格）供您考虑。"

"这是什么意思？'几个不同选择'？"乔治说。

"我们必须让他们选择。我们必须想出一大堆做法……好几种不同的惩罚方式。第一种是……"我写道，"一、拳击对方鼻子，一记，重击。这个该要多少钱？"

"五百美元。"乔治不假思索地说。

172

我写了下来。"下一条呢？"

"把眼眶打青。"乔治说。

我写道："二、打青眼眶……五百美元。"

"不！"乔治说，"我不同意这价格。打出个漂亮的乌眼青，需要的技巧和精准度肯定比砸鼻子高得多。这是一件技术活。应该要六百美元。"

"好吧。"我说，"六百美元。接下来是什么？"

"当然是两个一起，二合一。"我们说到乔治的老本行了。这正好是他拿手的。

"两个一起？"

"一点儿不错。砸鼻子，再打个乌眼青。一千一百美元。"

"二合一应该打个折。"我说，"就要一千美元吧。"

"太便宜了。"乔治说，"他们会疯抢的。"

"下一条是什么？"

我们俩都沉默下来，拼命开动脑筋。乔治倾斜的短额头上出现了三道深深的横纹。他开始挠头皮，挠得很慢，但很用力。我移开目光，努力回想人们曾经对别人做过的所有丧心病狂的事。我终于想起一个，乔治注视着我的铅笔尖在纸上移动，我写道："四、趁其停车时把一条响尾蛇（毒液已抽走）置于其车中脚踏板旁。"

"我的上帝！"乔治轻声说，"你想把他吓死！"

"没错。"我说。

"话说回来，你去哪儿弄一条响尾蛇呢？"

"买呀。总能买得到的。这一项我们要多少钱？"

"一千五百美元。"乔治不容置疑地说。我写了下来。

"还需要一项。"

"有了。"乔治说，"把他骗进一辆汽车，扒光全身衣服，只留下内裤和鞋袜，然后在高峰时段把他扔在第五大道。"他得意地笑了，笑得满脸开花。

"我们不能那么做。"

"写下来。要价两千五。只要翁伯格那老家伙愿意出这个价，你就准能办得到。"

"是的。"我说，"我想没问题。"我把它写了下来。"现在够了。"我说，"他们的选择余地够宽的。"

"我们在哪儿印名片呢？"乔治问。

"去找乔治·卡诺夫斯基。"我说，"他也叫乔治，是我的一个朋友。在第三大道开了家小印刷店，给大商店印一些婚礼请柬什么的。他干得了这活儿。我知道。"

"那我们还等什么呢？"

我们都从床上跳下来，开始穿衣服。"现在是十二点。"我说，"如果抓紧时间，我们能在他去吃午饭前找到他。"

我们出门来到街上时，天还在下雪，人行道上的积雪有四五英寸深，但是我们马不停蹄，快步走过十四个街区，当赶到卡诺夫斯基的小店时，他正在穿大衣准备出去。

"克劳德！"他喊道，"好伙计！你最近怎么样？"他使劲摇晃我的手。他有一张和气生财的胖脸，鼻子特别难看，宽大的鼻翼朝每边面颊至少扩张了一英寸。我跟他打过招呼，对他说我们过来跟他商量一件十万火急的大事。他脱掉大衣，反身把我们领进他的办公室。然后我对他讲起了我们的计划，以及我们想让他做的事情。

我讲到大约四分之一的时候，他就开始朗声大笑，笑得我简直讲不下去。于是我打住话头，递给他那张纸，上面写着我们要他打印的内容。他读着那些文字，笑得整个身体直打战，不停地用手拍着桌子，像个疯子似的咳嗽、打嗝、大吼大叫。我们坐在那里注视着他。我们没看出有什么特别好笑的地方。

最后，他安静下来，掏出一条手帕，大费周章地擦眼睛。"从没笑得这么厉害过。"他有气无力地说，"这笑话太精彩了。值一顿午饭。咱们出去，我请你们撮一顿。"

"不，"我一本正经地说，"这不是什么笑话。没什么可笑的。你正在目睹一个新的、强大的机构的诞生……"

"走吧，"他说着又大笑起来，"走吧，咱们吃饭去。"

"你什么时候能把那些卡片印好？"我说。我的声音透着严肃和务实。

他顿了顿，呆呆地看着我们。"你是说……你的意思真是……你们对这件事是认真的？"

"绝对认真。你正在目睹一个……"

"好吧，"他说，"好吧。"他站了起来，"我认为你们疯了，而且会惹上麻烦的。你们肯定会惹上麻烦的。那些家伙喜欢恶搞别人，他们自己可不太喜欢被别人恶搞。"

"你什么时候能把它们印好，同时不让你店里打工的人看到？"

"为了这个，"他严肃地回答，"我就不吃午饭了。我亲自设计版式，这是我最起码能做到的事。"他又笑了起来，两个巨大的鼻翼快活地抽动着。"你们想要多少张？"

"一千——先要一千，带信封。"

"两点钟再回来吧。"他说。我对他千恩万谢，我们出来时还听见他的笑声从通往店里的那条通道传出来。

两点整，我们又回来了。乔治·卡诺夫斯基在他的办公室里，我们刚走进去，我就一眼看见他面前的桌上放着高高一摞印好的卡片。很大的卡片，大约是普通婚礼请柬或鸡尾酒会邀请函的两倍。"给，"他说，"都给你们弄好了。"这傻瓜还在笑个不停。

他递给我们每人一张卡片，我仔细端详我手里的这张。印得很精美。他显然费了不少工夫。卡片本身厚实挺括，周围有一圈细细的金边，标题的字母极为雅致。我在这里没法复制出它所有的精美之处，但至少可以展示一下它的内容：

复仇在我公司

亲爱的 ＿＿＿＿

您可能已经看到专栏作家 ＿＿＿＿ 在今天的报纸上对您人品的无端诽谤和攻击。这是令人震惊的影射，是对事实的蓄意歪曲。

难道您就允许这个无耻的恶棍以这种方式侮辱您，而不采取任何措施吗？

全世界的人都知道，听任自己当众或私下遭受侮辱却不义愤填膺，要求——不，强烈要求——给予对方应得的惩罚，这是不符合美国人的天性的。

另一方面，一位有您这样的地位和名望的公民，肯定不愿亲自卷入这件龌龊的鸡毛小事，或者与这个卑鄙之人有任何直接的接触。

那么您怎样才能出气解恨呢？

答案很简单。复仇在我公司将为您排忧解难。我们将以绝对秘密的形式，代表您给予此位专栏作家独特的惩罚……我们谨向您提供这方面的几个不同选择（并附价格）供您考虑。

一、拳击对方鼻子，一记，重击　　　　　五百美元
二、把一个眼眶打青　　　　　　　　　　六百美元
三、拳击对方鼻子并把一个眼眶打青　　　一千美元
四、趁其停车时，将一条响尾蛇（毒液已被抽走）置于其车内脚踏板旁　　　　　　　一千五百美元
五、将其绑架，扒光所有衣服，只留内裤和鞋袜，于高峰时段弃之于第五大道　　　　两千五百美元

这项工作将由专业人员完成。

您若需要上述服务中的任何一项，请按所附纸条上的地址给"复仇在我公司"回信。如果计划可行，我们将把行动的具体地点和时间提前通知您，这样，如果您愿意的话，可以在安全而隐蔽的距离之外观看整个过程。

在您的命令得到令人满意的执行之后，我们将以寻常的方式提供一个账户，在此之前无须付款。

乔治·卡诺夫斯基的印刷十分精美。

"克劳德，"他说，"你喜欢吗？"

"太漂亮了。"

"我只能替你们做到这分上。这就像在战争中看士兵上前线，他们也许会死在战场上，我只希望自己能给他们一些东西，为他们

做一些事情。"他又放声大笑起来，于是我说："现在我们得走了。你有大信封装这些卡片吗？"

"所有的东西都在这儿。等你开始进账了再付我钱吧。"这句话似乎更使他觉得好笑得不行，他一下子瘫倒在椅子里，笑得像个傻子似的。我和乔治匆匆离开小店来到街上，走进这个寒冷的、雪花飘落的下午。

我们几乎是一路跑回了自己的房间，上楼前，我在大厅的公用电话那儿借了一本曼哈顿电话号码簿。我们没费什么事就找到了"威廉·翁伯格"的名字，我大声念出地址——好像是在东第九十街的什么地方——乔治把它写在一个信封上。

"埃拉·金普尔夫人"也在号码簿上，我们也给她开了一个信封。"今天就寄给翁伯格和金普尔。"我说，"我们还没有正式开张呢。明天会寄出十几份。"

"最好赶上下一趟邮班。"乔治说。

"我们亲自去送信。"我对他说，"现在，马上。他们越早收到越好。明天可能就来不及了。他们今天的火气到了明天就消了一半多。过了一夜情绪很容易冷静下来。这样吧，"我说，"你赶紧去送这两张卡片。我在城里到处打听打听，摸清莱昂内尔·潘塔隆的一些习惯。今天晚上回这儿碰头……"

晚上九点钟左右，我回来发现乔治躺在他的床上，抽烟，喝咖啡。

"那两封信我都送到了。"他说，"我把它们丢进信箱，然后按响门铃，顺着街道撒腿就跑。翁伯格有一座大豪宅，白色的大豪宅。你的情况怎么样？"

"我去见了个熟人，他在《每日镜报》的体育版工作。他把一切都告诉我了。"

"他告诉了你什么？"

"他说，潘塔隆每天的活动基本上是固定的。他夜里行动，但不管当天夜里先去了哪儿，最后总是—— 这点特别关键—— 总是会去企鹅夜总会。他大约午夜时候过去，一直待到凌晨两点或两点半。他的线人就在那个时间给他报料。"

"我们知道这么些就够了。"乔治高兴地说。

"太简单了。"

"这钱来得容易。"

餐具柜里还有满满一瓶勾兑威士忌，乔治把它拿了出来。在接下来的两个小时里，我们坐在各自的床上，喝着威士忌，为我们公司的发展制订各种美妙而复杂的计划。大约到十一点的时候，我们已经雇了五十个员工，其中包括十二个大名鼎鼎的拳击手，我们的办公室将位于洛克菲勒中心。到了午夜时分，我们已经把所有专栏作家都掌控在手心，从我们总部打电话把当天的专栏内容口述给他们，每天务必要侮辱和激怒全国各地至少二十位有钱人。我们一下子暴富，乔治开一辆英国宾利，我买了五辆凯迪拉克。乔治反复练习给莱昂内尔·潘塔隆打电话的样子。"是你吗，潘塔隆？""是我，先生。""好，你听着，我认为你今天的专栏糟透了。简直一塌糊涂。""实在抱歉，先生。我争取明天有所改进。""你必须有所改进，潘塔隆。不瞒你说，我们最近一直在考虑换人呢。""哦，求求你，求求你，先生，再给我一次机会。""好吧，潘塔隆，但是下不为例。顺便说一句，伙计们今晚要把一条响尾蛇放在你的车里，客户是西拉姆·金先生，那个肥皂大亨。金先生会在马路对面看着，所以别忘了看见蛇的时候要假装害怕。""好的，先生，没问题，先生。我不会忘记的，先生……"

我们终于躺在床上，关掉了灯，我还能听见乔治在打电话教训潘塔隆。

第二天早晨，我们被街角教堂的大钟敲九点的声音唤醒。乔治起了床，到门口去拿报纸，他回来时手里拿着一封信。

"打开！"我说。

他打开信封，小心翼翼地抽出一张薄薄的信纸。

"念！"我喊道。

他念了起来，一开始声音很低很严肃，但是随着这封信的全部意思在他面前展开，他的音量逐渐提高，变成一种高亢的、近乎歇斯底里的喊叫。信上说："你们的方式显得十分大胆离奇。不过，无论你们对那个混蛋做什么我都赞成。放手干吧。从第一条开始，如果成功的话，我非常愿意订购清单上的全部项目。请把账单寄给我，威廉·翁伯格。"

我记得，在那激动人心的时刻，我们穿着睡衣在屋里跳起了舞，并扯足嗓子夸奖翁伯格先生，大声嚷嚷我们有钱了。乔治在床上翻了几个筋斗，我很可能也这么做了。

"我们什么时候行动？"他说，"今晚？"

我没有立刻回答。我不愿意匆促行事。那些出现在历史书上的许多大人物，他们任凭自己在兴奋的时刻做出草率决定，最后落得悲剧收场。我穿上晨衣，点上一支烟，在屋里来回地踱步。"不能着急。"我说，"翁伯格的订单可以在适当的时候完成。但我们必须先把今天的卡片寄出去。"

我迅速穿好衣服，出门走到马路对面的报摊，把当天的每种报纸都买了一份，然后回到我们的屋里。接下来的两个小时，我们埋头读专栏作家的文章，最后列出了十一个人——八个男人和三个女人——他们那天早晨都被某个专栏作家以这样或那样的方式侮辱了。形势一片大好。工作干得很顺利。我们又花了半小时查找被侮辱者的地址——有两个没查到——并开出信封。

下午，我们把信送了出去，傍晚大约六点钟的时候，我们回到屋里，很累，但心里很得意。我们沏了咖啡，烤了三明治，在床上吃晚饭。然后我们又把翁伯格的信念给对方听，念了很多很多遍。

"他是要给我们下一份六千一百美元的订单。"乔治说，"第一项到第五项，全包。"

"这个头开得不坏。第一天能这样不错了。一天六千美元，算下来就是……让我想想……一年将近两百万，不算星期天。每人一百万。比贝蒂·格莱宝挣得多。"

"我们会变得很有钱。"乔治说。他笑了，露出一种缓慢绽放的、纯粹心满意足的灿烂笑容。

"不出一两天，我们就能搬到瑞吉酒店的套房里去。"

"我想去华尔道夫。"乔治说。

"好的，华尔道夫。日后我们说不定买一座房子。"

"像翁伯格家的那种？"

"对。像翁伯格家的那种。不过，"我说，"我们先要把活儿干了。明天就去对付潘塔隆。他从企鹅夜总会出来时打他个措手不及。我们凌晨两点半在那儿等着他，他出门来到街上时，你走过去，按照合同，冲着他鼻子中间狠狠地打一拳。"

"这是个美差，"乔治说，"这真的是个美差。可是我们怎么逃脱呢？跑？"

"我们租一辆车，就租一小时。手头剩的钱正好够租车的，然后我会坐在驾驶座上，让马达开着，车门敞着，离你不到十米远，夜总会的门一开，你给他一拳，然后你只要跳回车里，我们就开溜。"

"完美。我要狠狠给他来一拳。"乔治顿了顿。他攒起右拳，打量着指关节。接着他又笑了，慢悠悠地说："他的那个鼻子，以后会不会彻底变成一个塌鼻子，再也没法刺探别人的私事了？"

"很有可能。"我回答。然后，我们就带着那个愉快的想法，关掉灯，早早地睡觉了。

第二天早晨，我被一声大叫惊醒，从床上坐起来，看见乔治穿着睡衣站在我的床脚，挥舞着胳膊。"看！"他喊道，"来了四个！来了四个！"我定睛一看，果然他手里捏着四封信。

"打开。快把它们打开。"

他大声念第一封信："'亲爱的"复仇在我"公司。这是我多年来听到的最好的提议。立刻去用响尾蛇方案（第四项）对付雅各布·斯文斯基吧。如果你们忘记抽掉蛇牙里的毒液，我愿意付双倍的钱。格特利德·波特·范德维尔特。又及，你们最好给蛇买个保险。那家伙的牙齿比任何一条响尾蛇都毒。'"

乔治大声念第二封信："'我的五百美元支票已经开好，就放在我面前的桌上。我一收到你们重击莱昂内尔·潘塔隆鼻子的证据，就把支票寄给你们。如果可能的话，最好把鼻子打断。威布尔·高洛利。'"

乔治大声念第三封信："'我在目前的情绪下，忍不住不顾自己的理智回复你们的卡片，请求你们把那个混蛋沃尔特·肯尼迪扒光了只剩内衣，扔在第五大道。我还有个附加条件，当时地面必须有雪，气温必须在零下。H. 格雷沙姆。'"

第四封信也被他大声念了出来："'给潘塔隆的鼻子结结实实来

一拳，不管是我还是别人，这五百美元都花得很值。我愿意亲眼看到。克劳迪娅·凯尔索普·希金斯敬上。'"

乔治把几封信轻轻地、小心翼翼地放在床上。接着是片刻的沉默。我们盯着对方，惊讶和高兴得说不出话来。我开始用钱计算这四份订单的价值。

"一共五千美元。"我轻声说。

乔治脸上绽开一个巨大的灿烂笑容。"克劳德，"他说，"我们干脆现在就搬去华尔道夫吧？"

"很快就搬，"我回答道，"但目前我们没有时间搬家。甚至今天没有时间再寄出新的卡片。我们必须开始完成手头的订单。工作快要把我们压垮了。"

"是不是应该再招几个人，扩大我们公司的规模？"

"以后再说吧。"我说，"今天也顾不上考虑那个。想想我们要做的事情吧。要把一条响尾蛇放进雅各布·斯文斯基的车里……要把只穿着内裤的沃尔特·肯尼迪丢在第五大道……要给潘塔隆的鼻子来一拳……让我看看……是的，我们必须为了三个不同的人去拳击潘塔隆……"

我停住话头。我闭上眼睛。我一动不动地坐着。我又一次意识到一小股清澈的灵感源泉正在涌进我的大脑组织。"有了！"我喊道，"有了！有了！一石三鸟！三个客户一拳搞定！"

"怎么说？"

"你没明白吗？我们只要打潘塔隆一拳，这三个客户……翁伯格、高洛利和克劳迪娅·希金斯……每个人都会以为是专门为他打的。"

"再说一遍。"我又说了一遍。

"太棒了。"

"这是常识。同样的办法也适用于其他人。那个响尾蛇项目可以先放一放，等有了更多的订单再说。也许几天之内就能拿到在斯文斯基车里放响尾蛇的十份订单。然后我们就一次性搞定。"

"绝妙。"

"那么今天晚上，"我说，"我们就去对付潘塔隆。但我们要先租一辆车。还得拍几封电报，一封给翁伯格，一封给高洛利，一封给克劳迪娅·希金斯，告诉他们那一拳打出去的地点和时间。"

我们迅速穿好衣服，走了出去。

在东第九街的一个肮脏、寂静的小车库里，我们租到了一辆车，一辆一九三四年产的雪佛兰，八个美元租一晚。然后我们发出三封电报，全都一模一样，用巧妙的措辞掩盖真实的意思，不让好奇的人识破："希望在凌晨两点半的企鹅夜总会外见到您。顺致问候，复仇在我。"

"还有一件事。"我说，"你必须伪装一下。千万不能让比如潘塔隆或者看门人事后把你给认出来。你必须戴一个假胡子。"

"你呢？"

"没必要。我坐在车里呢。他们不会看见我。"

我们去了一家儿童玩具店，给乔治买了一把漂亮的黑胡子，有长长的胡子尖，上了蜡，硬邦邦的，闪闪发亮，他把胡子举到脸上时，那模样活像德国的恺撒大帝。店里的人还卖给我们一管胶水，并教我们怎么把胡子粘在上嘴唇上。"是要逗小孩子玩儿吗？"他问。乔治说："当然。"

现在一切就绪，但还要等很长时间。我们俩身上还剩三美元，就用它给每人买了一个三明治，然后去看电影。那天夜里十一点钟的时候，我们去取了车，开着它在纽约的街道上慢慢溜达，消磨时间。

"你最好把你的胡子戴上，让自己习惯习惯。"

我们把车停在一个路灯下，我挤了一点儿胶水在乔治的上嘴唇上，把那把翘着两个尖角的大黑胡子粘上了。然后我们继续往前开。车里很冷，外面又开始下雪了。我能看见几片小雪花在车灯的光柱里飘落。乔治不停地问："我该打多重呢？"我不停地回答："能打多重就打多重，要打在鼻子上，必须打在鼻子上，那是合同里规定的，一点儿都不能走样。我们的客户可能在看着呢。"

凌晨两点，为了调查一下状况，我们驱车慢慢经过企鹅夜总会的门口。"我就停在那儿，"我说，"就在门口过去一点儿后的那片阴影里。我会把车门开着等你。"

我们继续往前开。然后乔治说道："他长什么模样？我怎么知道是他呢？"

"别担心。"我回答，"我早就想到了。"我从口袋里掏出一张纸，递给了他。"你拿上这个，把它叠得小小的，交给看门人，叫他赶紧交到潘塔隆手上。你要装出一副怕得要死的样子，显得十万火急。潘塔隆十有八九会出来。没有哪个专栏作家能禁得住这张纸条的诱惑。"

我在纸上写着："我是苏联领事馆的工作人员。请速到门口，我有事相告，千万快来，我有危险。我不能进去找你。"

"明白吗，"我说，"你的胡子使你看上去像个俄罗斯人。所有的俄罗斯人都留着大胡子。"

乔治接过纸，把它折叠得很小，用手指捏着。现在快到凌晨两点半了，我们把车慢慢驶向企鹅夜总会。

"你都准备好了？"我说。

"是的。"

"我们这就过去。到了那里，一开过门口我就停车……好，就这里。打狠一点儿。"我说。乔治开门下了车。我在他身后关上车门，但是探过身把一只手放在把门手上，这样就能迅速再把门打开，然后我放下车窗，让自己能看清状况。我让发动机空转着。

夜总会看门人站在人行道上红白相间的遮阳篷下，我看见乔治快步走向他。我看见看门人转过身，垂眼看着乔治，我不喜欢他的那副样子。他是个傲慢的高个子男人，穿着漂亮的洋红色制服，金纽扣，金肩章，每个洋红色裤腿上都有一条宽宽的白道道。他还戴着白手套，站在那里傲慢地垂眼看着乔治，眉头皱着，嘴唇抿得紧紧的，看着乔治的大胡子。我心里想：哎呀，上帝，我们做过头了。乔治的伪装太过分了。看门人会看出那是假的，他会用手指捏住一个长长的胡子尖，用力一扯，胡子就掉了。但他并没有，他的注意力被乔治的表演吸引住了，乔治演得非常逼真。我能看见他跳来跳去，两只手一会儿拧紧，一会儿松开，身体左右摇晃，不停地摇头，我还能听见他在说："拜托，拜托，拜托，必须赶紧。要出人命的事。拜托快点儿把它交给潘塔隆先生。"他的俄罗斯口音跟我以前听过的任何一种口音都不一样，不过他的声音里确实有一种十分绝望的情绪。

最后，看门人严肃而傲慢地说："把纸条给我。"乔治把纸条交给他，说道："谢谢，谢谢，告诉他很紧急。"看门人闪身进门去了。片刻之后他回来了，说："已经送去了。"乔治焦躁不安地踱来踱去。我等待着，注视着夜总会的门。三四分钟过去了。乔治拧着双手，说道："他在哪儿？他在哪儿？拜托去看看他到底来没来！"

"你这是什么毛病？"看门人说。他这会儿又在盯着乔治的大胡子看了。

"这是要出人命的事！潘塔隆先生能有办法！他必须出来！"

"你干吗不闭嘴？"看门人说。但他又打开门，把脑袋探进去，我听见他对某个人说了句什么。

他对乔治说："他们说他这就来了。"

片刻之后，门开了。矮小精干、衣冠楚楚的潘塔隆本尊走了出来。他在门口停住脚，迅速地左右张望，像一只紧张而好奇的雪貂。看门人碰了碰帽檐，指着乔治。我听见潘塔隆说："请问，你找我有什么事？"

乔治说："拜托，过来一点儿，别让人听见。"他领着潘塔隆在人行道上走，离开那个看门人，走向汽车。

"快说吧。"潘塔隆说，"你找我有什么事？"

乔治突然大喊一声"看！"伸手往街上一指。潘塔隆转过头，说时迟，那时快，乔治抡起右胳膊，不偏不倚，正砸在潘塔隆的鼻尖上。我看见乔治把身体往前探，全身的重量都集中在这一拳上，接着潘塔隆似乎脚离开了地面，往后飞出两三英尺，被企鹅夜总会的外墙挡住。这一切发生得很快，一眨眼的工夫，乔治就上车坐在了我身边，我们把车开出去时，听见看门人在后面吹响了哨子。

"成功了！"乔治气喘吁吁地说，他兴奋极了，上气不接下气，"我狠狠给了他一拳。你看见我打得有多狠吗？"

此刻雪下得很大，我把车开得飞快，拐了许多个急转弯，我知道在这样的暴风雪中，没有人能追上我们。

"我那一拳打得太凶了，那狗娘养的差点儿穿墙而过。"

"干得好，乔治。"我说，"太漂亮了，乔治。"

"你看见他飞起来了吗？你看见他双脚离地了吗？"

"翁伯格肯定很满意。"我说。

"还有高洛利和那个叫希金斯的女人。"

"他们都会满意的。"我说,"你就等着钱流进来吧。"

"我们后面有一辆车!"乔治喊道,"一直跟着我们!跟得很紧!开得飞快!"

"不可能!"我说,"他们不可能这么快就发现我们。那只是另一辆车要去什么地方。"我猛地往右一拐。

"他还跟着我们呢。"乔治说,"继续拐弯。我们很快就能把他甩掉了。"

"我们开的是一九三四年的雪佛兰,怎么可能甩掉一辆警车。"我说,"我干脆停车吧。"

"接着开!"乔治喊道,"你开得很好。"

"我还是停车吧。"我说,"如果再往前开,只会让他们更生气。"

乔治强烈地反对,但我知道大势已去,就把车停在了路边。另一辆车蹿出来,从我们旁边驶过,嘎吱一声停在了我们的车前。

"快,"乔治说,"快跑。"他打开车门,准备撒腿就跑。

"别犯傻了。"我说,"待着别动。你现在逃不掉的。"

外面传来一个声音。"嘿,小伙子们,干吗这么着急呀?"

"没有着急。"我回答,"我们只是要回家。"

"是吗?"

"是啊,我们只是在回家的路上。"

那人把脑袋从我这侧车窗探进来,他看看我,看看乔治,然后又看看我。

"这个夜里天气太糟了。"乔治说,"我们只想赶紧回家,免得街道被雪封住。"

"我说，"那人说，"你们可以放宽心。我只是想把这个直接交给你们。"他把一沓钞票丢在我的腿上。"我是高洛利，"他又说道，"威布尔·高洛利。"他站在外面的大雪中，笑嘻嘻地看着我们，他跺着脚，搓着双手取暖。"我收到了你们的电报，从马路对面目睹了全过程。你们活儿干得漂亮。我付了你们双倍的钱。值这个价。我从没见过这么好玩的事。再见，小伙子们。小心行事。他们现在可能在追你们了。如果我是你们，就赶紧离开这座城市。再见。"没等我们说些什么，他就走了。

我们终于回到了自己的小屋，我立刻就开始收拾东西。

"你疯了吗？"乔治说，"只要再等几个小时，我们就能收到翁伯格和希金斯那女人的各五百美元。然后我们就有了整整两千美元，想去哪儿都不成问题。"

于是，第二天我们在屋里守株待兔，看报纸，其中一份报纸的头版有一篇"著名专栏作家遭遇野蛮袭击"的报道，占了整整一栏。果不其然，傍晚时邮差给我们送来两封信，里面各有五百美元。

现在，此时此刻，我们坐在一节火车车厢里，喝着苏格兰威士忌，一路往南，去一个永远都有阳光、每天都有赛马的地方。我们一下子有钱了，乔治不停地说，如果我们把这两千美元都押中一匹赔率十比一的马，就能再赚两万美元，到时候我们就能退休了。"我们在棕榈滩买一座房子，"他说，"尽情地寻欢作乐，享受生活。光鲜的上流人士会在我们的游泳池边喝着冷饮闲荡，过一阵子，也许我们又会把一大笔钱押在另一匹马上，让自己变得更有钱。我们可能会在棕榈滩待腻了，随心所欲地在富人的游乐场里走走停停。比如蒙特卡罗之类的地方。就像阿里汗和温莎公爵。我们会成为国际知名的大人物，电影明星会给我们送笑脸，饭店领班会对我们鞠躬，说不定，在不远的将来，说不定我们自己也能被写进莱昂内尔·潘塔隆的专栏里呢。"

"那可就厉害了。"我说。

"可不是，"他高兴地回答，"那可不是太厉害了嘛！"

初收于
《更多意外故事》1980

待宰的羔羊

房间里温暖而干净，窗帘拉上了，亮着两盏台灯——她的一盏，还有对面空椅子旁的一盏。她身后的餐具柜里有两个高脚杯，还有苏打水和威士忌。新鲜的冰块在保温桶里。

玛丽·马洛尼在等她丈夫下班回家。

她偶尔抬头看一眼钟，但内心并无焦虑，只是为了让自己高兴，因为每过去一分钟，离丈夫回家的时间就更近一点儿。她的神态，以及她做的所有事情，都透着一份不慌不忙的笑意。她在做针线活，微微低着的头显得格外安宁。她的皮肤——肚子里已经怀了六个月的宝宝——有一种奇妙的半透明的质地，嘴唇很柔和，一双眼睛因为添了宁静的神色，显得比以前更大、更黑。

钟上显示五点差十分时，她开始侧耳细听，几分钟后，跟平常一样准时，她听见了轮胎碾在外面的砾石车道上，然后车门砰地关上，脚步声经过窗外，钥匙在锁眼里转动。她把针线活放下，站起身，上前去亲吻走进来的丈夫。

"你好，亲爱的。"她说。

"你好。"他回答。

她接过他的大衣，挂在壁橱里。然后她走过去，调配酒水，一杯浓的给他，一杯淡的给自己。很快，她又回到椅子上做针线活，他坐在对面另一把椅子上，双手捧着高脚杯，微微摇晃着，让冰块在杯壁上碰出叮叮的声音。

对她来说，这总是一天中的幸福时光。她知道他在喝完第一杯酒之前不太想说话，而她呢，在独守家中整整一天之后，也满足于静静地坐着，享受他的陪伴。她多么喜欢有这个男人在自己面前，感受到——就像日光浴者感受到阳光一样——两人厮守时他朝她散发出来的温暖的男性气息。她喜欢他那样松弛地坐在椅子上，喜欢他那样走进门来，迈着长腿在房间里慢慢走动。她喜欢他的目光停留在她身上时那种专注而缥缈的眼神，他奇特的嘴形，特别是他累得不想说话，静静地坐在那里，等待威士忌带走一些疲惫时的样子。

"累了吧，亲爱的？"

"是啊。"他说，"累了。"他说话时做了一件很反常的事。他端起酒杯，一饮而尽，尽管杯里的酒还有半杯，至少还有半杯。她并没有注视着他，但知道他做了什么，因为她听见他放下胳膊时冰块落回空杯子底部的撞击声。他顿了顿，在椅子上探身向前，然后站起来，慢慢地走过去，给自己再倒一杯酒。

"我来吧！"她大喊一声，跳了起来。

"坐下。"他说。

他回来时，她注意到新倒的那杯酒呈深琥珀色，里面加了大量的威士忌。

"亲爱的，我给你拿拖鞋吧？"

"不用。"

她注视着他开始啜饮暗黄色的酒水，可以看到因为浓度太高，液体表面泛起油性的漩涡。

"我认为真不像话，"她说，"你这样一个老资格的警察，他们竟然让你一天到晚跑跑颠颠。"

他没有回答，于是她又埋头继续做针线活。但每次他把酒杯送到唇边，她都听见冰块在杯壁上碰得叮叮响。

"亲爱的。"她说，"要不要我给你拿一些奶酪？今天是星期四，所以我没做晚饭。"

"不用。"他说。

"如果你太累了，不想出去吃饭，"她继续说，"现在做饭也来得及。冰箱里有大量的肉和食材，你可以就在这儿吃，根本不用从椅子上起来。"

她的目光停留在他身上，等待一个回答、一个微笑、一个点头，但他毫无反应。

"好吧，"她继续说，"我还是先去给你拿些奶酪和咸饼干吧。"

"我不要。"他说。

她在椅子上不安地动了动，一双大眼睛仍然注视着他的脸。"可是你必须吃晚饭呀。我做晚饭不费事的，我喜欢做饭。我们可以吃羊排或者猪肉，你想吃什么都有，都在冰箱里呢。"

"算了。"他说。

"可是，亲爱的，你必须吃饭！我还是去把饭做了，然后，吃不吃由你。"

她站起身，把针线活放在桌上的台灯旁。

"坐下。"他说，"等一等，先坐下。"

直到这个时候，她才开始感到害怕。

"快，"他说，"坐下。"

她把身子慢慢落回椅子上，并一直用那双迷茫的大眼睛注视着他。他喝完了第二杯酒，垂眼盯着酒杯，眉头紧锁。

"听着，"他说，"我有件事要告诉你。"

"什么事，亲爱的？怎么回事？"

他此刻变得绝对静止，脑袋始终低垂着，身边台灯的光打在他的上半张脸上，下巴和嘴则处在阴影里。她注意到他左眼角旁的一小块肌肉在抽动。

"恐怕这件事会让你感到有点儿震惊。"他说，"但我考虑再三，还是认为只能立刻告诉你。我希望你不会太怪罪我。"

于是他跟她说了。说的时间并不长，最多四五分钟，她从头到尾一动不动地坐着，带着一种茫然的恐慌，看着他随着说出的每一个字而离她越来越远。

"事情就是这样。"他又说道，"我知道现在这个时候告诉你不合适，可是实在没有别的选择。当然啦，我会给你钱，会让你得到照顾。但真的没必要闹得鸡犬不宁，至少我这么希望的，那对我的工作没什么好处。"

她的第一个本能是一句话也不信，否认一切。她突然想到也许他根本没有说话，这一切全是她自己幻想出来的。也许，如果她继续忙自己的事，假装刚才没有在听，那么待会儿等她仿佛醒过神来时，就会发现这一切全都没有发生。

"我去做晚饭了。"她终于小声说道，这次他没有阻拦她。

她穿过房间时，感觉不到自己的脚踩在地板上。她什么也感觉不到——只微微有点儿恶心，想要呕吐。现在所有的动作都是下意识的——下楼来到地窖，打开灯，掀开冰柜，把手伸进去，抓住碰到的第一样东西。她把它拿出来，定睛看了看。外面包着一层纸，她把纸拿掉，又看了看。

一条羊腿。

那么好吧，他们晚饭就吃羊肉。她用双手抓着细细的羊腿骨，把羊腿拎上楼，经过客厅时，看见他背对着她站在窗口，她停住了脚步。

"看在上帝的分上，"他听见了她的声音，但并没转过身来，只是说道，"别给我做晚饭。我还要出去。"

这个时候，玛丽·马洛尼径直走到他的身后，毫不迟疑地把那条冰冻的大羊腿高高抡起，用全身的力气砸在他的后脑勺上。

她就像用一根铁棒击中了他。

她退后一步，等待着，奇怪的是他在那里又站了至少四五秒钟，身体微微摇晃。然后砰地倒在地毯上。

发出的响声惊天动地，小桌子翻倒了，这才使她从震惊中缓过神来。她慢慢清醒过来，感到愕然，全身发冷，她在那里站了一会儿，困惑地瞪着尸体，双手仍然抓着那条可笑的羊腿。

"是的，"她对自己说，"看来我把他打死了。"

说来令人称奇，她的头脑突然变得异常清晰，她开始迅速思考。作为一名警察的妻子，她很清楚会受到什么惩罚。没关系，她怎么都无所谓，那实际上也是一种解脱。可是，肚里的孩子怎么办？法律会怎么处罚肚里怀着孩子的杀人犯？把母亲和孩子一起处死？还是等到十月分娩之后？他们会怎么做呢？

玛丽·马洛尼不知道，而她绝对不愿意冒险。

她把肉拿进厨房，装在一个平底锅里，把炉温调得高高的，把肉放进烤炉。然后她洗净双手，跑到楼上的卧室。她坐在镜子前，梳了梳头发，在嘴唇和脸上补了点儿妆。她试着微笑，笑容有点儿不自然，她又试了试。

"你好，萨姆。"她语气欢快地大声说。

声音也有点儿不自然。

"我想买几个土豆，萨姆。是的，还想要一罐豌豆。"

好一些了。现在笑容和声音都比较自然了。她又排练了几遍，然后她跑下楼，拿上外套，从后门出去，穿过花园，来到街上。

还不到六点钟，食品店里的灯还亮着。

"你好，萨姆。"她语气欢快地说，对柜台后面的男人露出微笑。

"啊，晚上好，马洛尼夫人。你好吗？"

"我想买几个土豆，萨姆。是的，还想要一罐豌豆。"

男人转过身，去拿后面架子上的豌豆。

"帕特里克觉得很累，今晚不想出来吃饭了。"她对萨姆说，"你知道的，星期四我们一般都在外面吃晚饭，他这么一来，家里连一点儿蔬菜都没有。"

"那么要买肉吗，马洛尼夫人？"

"不用，家里有肉，谢谢。我从冰柜里拿了一条上好的羊腿。"

"哦。"

"我不太喜欢做冻肉，萨姆，但这次也不得不冒险了。你认为会好吃吗？"

"我个人认为，"店老板说，"味道不会有什么不同。你想要这些爱达荷土豆吗？"

"哦，好的，可以。要两个吧。"

"还要别的吗？"店老板把脑袋歪到一边，和颜悦色地看着她，"饭后甜点吃什么？你打算给他吃什么甜点？"

"这个——你有什么建议吗，萨姆？"

男人在他店里望了一圈，问："来一大片美味的奶酪蛋糕怎么样？我知道他喜欢这一口。"

"太好了。"她说，"他爱吃这个。"

东西都包好了，她付了钱，脸上露出最灿烂的微笑，说道："谢谢你，萨姆。晚安。"

"晚安，马洛尼夫人。也谢谢你。"

现在，她匆匆走回家时对自己说，现在她所做的就是回到家中丈夫身边，他正等着吃晚饭呢。她必须好好做一顿晚饭，尽量做得好吃一些，因为那个可怜的人累了。如果她走进家门时意外地发现什么反常的，或悲惨的，或可怕的事情，她自然会大受刺激，因悲痛和恐惧而精神错乱。记住，她并不知道会发现什么。她只是拎着蔬菜回家。星期四的晚上，帕特里克·马洛尼夫人买了蔬菜回家，要给丈夫做晚饭。

"就是这样，"她对自己说，"把所有的事情都做得恰当而自然。让一切显得完全自然，也就根本不需要演戏了。"

因此，当她从后门走进厨房时，嘴里哼着一支小曲，脸上带着微笑。

"帕特里克！"她喊道，"你好吗，亲爱的？"

她把纸包放在桌上，穿过厨房走进客厅。她一眼看见他躺在地板上，双腿弯曲，一条胳膊扭在身子底下，这一幕实在令人震惊。昔日对他所有的爱意和依恋都涌上心头，她朝他冲过去，跪在他身边，悲痛欲绝地哭了起来。这很容易，没有必要演戏。

几分钟后，她站起身，走到电话机旁。她知道警察局的号码，另一头的男人把电话接起后，她朝他喊道："快！快来！帕特里克死了！"

"你是谁？"

"马洛尼夫人。帕特里克·马洛尼夫人。"

"你是说帕特里克·马洛尼死了？"

"好像是的。"她抽抽搭搭地说，"他躺在地板上，我想他是死了。"

"我们马上过来。"男人说。

汽车疾驰而来，她打开前门，两个警察走了进来。她认识他们俩——那个分局的几乎所有人她都认识——她一下子倒在杰克·努南的怀里，歇斯底里地哭泣。努南轻轻地把她扶上椅子，然后走向跪在尸体旁的另一个名叫奥马雷的警察。

"他死了吗？"他喊道。

"恐怕是的。发生了什么事？"

她用三言两语讲述了她去食品店买东西，回来发现他躺在地上的经过。就在她边哭边说的时候，努南发现死去的男人的脑袋上有一小块凝固的血痂。他指给奥马雷看，奥马雷立刻站起身，快步走向电话机。

很快，又有其他人走进家里。先是一位医生，然后是两名侦探，她知道其中一个的名字叫赖特，还有一名赶来拍照的警方摄影师和一个熟悉指纹的人。人们围在死尸旁窃窃私语，小声议论，侦探不停地问她许多问题，但是他们一直对她态度很好。她又把那个故事讲了一遍，这次是从头说起：帕特里克回到家，她在做针线，他很疲倦，疲倦得不想出去吃晚饭。她讲了怎样把肉放进炉子里——"现在还烤着呢"——以及怎样离开家去食品店买蔬菜，回家就发现他躺在地板上。

"哪家食品店？"一名侦探问。

她告诉了他。他转过身，对另一名侦探小声说了句什么，那人立刻出门上街去了。

十五分钟后，他拿着一张记了笔记的纸回来了，又是一阵窃窃私语，她在自己的哭泣声中听到轻声的只言片语——"……行为很正常……十分愉快……想好好给他做一顿晚饭……豌豆……奶酪蛋糕……她不可能……"

过了一会儿，摄影师和医生离开了，另外两个男人走进来，用担架把尸体抬走了。接着，提取指纹的人也走了。两名侦探留了下来，还有那两个警察。他们对她态度特别好，杰克·努南问她是不是想去别的地方，比如去她姐姐家，或者请她去他自己的妻子那儿，他妻子肯定会照顾她并安顿她过夜的。

不，她说。她觉得此时此刻她一步也挪动不了，他们能不能就让她待在这儿，等感觉好些了再说？她这会儿感到不太舒服，真的不舒服。

那她是不是最好躺到床上去？杰克·努南问。

不，她说。她愿意就待在这儿，坐在这把椅子上。也许过一会儿，等她感觉好些了，就会起身。

于是他们把她留在这儿，继续忙他们的公事，搜查房子。偶尔一名侦探又会问她一个问题。杰克·努南经过她身边时，有时也会特别温和地对她说几句话。他告诉她，她丈夫是被一件沉重的钝器击中后脑勺而丧生的，几乎可以肯定那是一块很大的金属。他们正在寻找凶器，凶手可能把它带走了，但也有可能把它扔在或藏在了家里的什么地方。

"有一句老话，"他说，"找到凶器，就找到了凶手。"

后来，一名侦探走过来坐在她身边。他问，她知道家里有什么东西可以被用作凶器吗？她是否愿意到处检查一下，看是否少了什么——比如一个很大的螺丝扳手，或者一个沉重的金属花瓶。

他们家没有什么沉重的金属花瓶，她说。

大螺丝扳手呢？

她记得他们家没有大螺丝扳手。但车库里可能有几件类似的东西。

搜查在继续。她知道房子周围的花园里还有其他警察。她能听见他们在外面砾石路上的脚步声，有时她透过窗帘的缝隙看见手电筒的亮光。天已经晚了，她看了看壁炉架上的钟，发现快要九点了。四个搜查房间的男人似乎越来越疲倦，还有一点儿焦躁。

"杰克，"努南警官又一次经过时，她说，"你能给我一点儿喝的吗？"

"没问题，我这就给你倒。你是指这种威士忌吗？"

"是的，谢谢你了。只要一点点儿。它可能会让我好受一些。"

他把酒杯递给她。

"你自己干吗不喝一杯呢？"她说，"你肯定早就累坏了。请你喝一杯吧。你一直都很照顾我。"

"这个嘛。"他回答道，"严格来说是不允许的，但我不妨喝一口，让自己能撑得下去。"

其他人一个接一个走进来，都被劝说着喝了一点儿威士忌。他们手里端着酒，略显尴尬地站成一圈，在她面前感到有点儿不自在，想说几句安慰她的话。努南警官不经意地走进厨房，很快又出来了，他说："你知道吗，马洛尼夫人，你的烤炉还没关，肉还在里面。"

"哦，天呐！"她喊道，"真是这样！"

"我最好帮你把它关掉，是不是？"

"那就劳驾你了，杰克。非常感谢。"

警官第二次返回时，她用那双大大的、泪汪汪的黑眼睛看着他。"杰克·努南。"她说。

　　"什么事？"

　　"你愿意帮我做一件小事吗——你和其他这些人？"

　　"我们尽力，马洛尼夫人。"

　　"是这样的。"她说，"你们都在这里，都是亲爱的帕特里克的生前好友，正在帮着抓捕那个杀害他的人。这会儿你们肯定都饿坏了，因为早就过了吃晚饭的时间，帕特里克如果活着，看到我让你们留在他家里却不提供像样的款待，我知道他绝不会原谅我的，愿上帝保佑他的灵魂。你们为什么不把烤炉里的羊肉吃掉呢？现在它烤得正合适。"

　　"做梦都不敢想。"努南警官说。

　　"求求你们，"她恳求道，"求求你们把它吃了吧。至于我，我吃不下任何东西，尤其是他在世时就留在家里的东西，我不可能吃得下去。可是你们没问题。如果你们把它吃了，就算是帮了我一个忙。然后你们可以继续忙你们的工作。"

　　四个警察犹豫不决了好一阵，但他们显然都饿了，最后便被说服了，走进厨房，自己拿肉吃。女人坐在椅子上，通过敞开的门听着他们的动静，她能听见他们在互相说话，因为嘴巴里塞满了肉，声音显得含混不清。

　　"再吃一些吧，查理？"

　　"不了。最好别把它吃完。"

　　"她要我们把它吃完。她这么说的。算是帮她一个忙。"

　　"那好吧。再给我一些。"

　　"那家伙用来击打可怜的帕特里克的，肯定是一根该死的大棒。"

只听其中一个人说道，"医生说他的头盖骨都被砸碎了，像是挨了一记重锤。"

"所以凶器应该很容易找到。"

"我就是这个意思。"

"不管凶手是谁，得手后都不会拿着那样一件东西招摇过市。"

其中一个人打了个饱嗝。

"我个人认为凶器就在这个家里。"

"也许就在我们的鼻子底下。你认为呢，杰克？"

在另一个房间里，玛丽·马洛尼咯咯地笑了起来。

初刊于
《哈珀斯》1953.9

博提伯先生

博提伯先生推着转门走进酒店大堂。他摘下帽子，双手把它捧在面前，局促地走了几步，停住脚，站在那里东张西望，在那些用餐者的脸上搜寻。几个人转过身，微微有些吃惊地打量着他，他听见——或以为自己听见——至少有一个女人的声音在说："天呐，看看这进来的是什么人啊！"

他终于看见克莱门斯先生坐在远处角落里的一张小桌旁，便匆匆走了过去。克莱门斯刚才看见博提伯先生进来，此刻注视着他小心翼翼地挤过餐桌和人群向他走来，那样谦卑、低调地踮着脚走路，双手紧紧地把帽子抓在胸前，他不由得想，对一个男人来说，长得像这位博提伯一样古怪而引人注目，该是一件多么痛苦的事。博提伯先生活像一根芦笋。他那长长的、细溜溜的身子似乎根本没有肩膀。从腰部往上逐渐变窄，越变越窄，最后到那个小秃脑袋上成为一个点。他被紧紧地裹在一套发亮的蓝色双排扣西装里，说来奇怪，这西装不知怎么的增强了他是一种蔬菜的错觉，甚至达到某种荒谬的程度。

克莱门斯站起身，两人握手，然后，还没来得及落座，博提伯先生就说："我已经决定,是的,我已经决定接受你昨晚离开我办公室前给我的报价。"

这几天来,克莱门斯一直代表客户在协商购买那家名为博提伯公司的企业,博提伯先生是公司的独资所有人,前一天晚上,克莱门斯提出了第一轮报价。这只是一个试探性的、比实际低得多的报价,只为了向卖方表示买方确有诚意。结果,天呐,克莱门斯想,这可怜的家伙竟然接受了。他郑重其事地点了好几下头,以掩饰自己内心的惊讶,然后说道:"好的,好的。听到这消息我很高兴,博提伯先生。"然后他招来一位侍者,说:"两大杯马提尼。"

"不用!"博提伯先生惊愕地举起双手拒绝。

"别客气嘛。"克莱门斯说,"值得庆祝一下。"

"我很少喝酒,中午从来不喝,是的,从来不喝。"

可是克莱门斯此刻心情愉快,根本不予理会。他要了马提尼,酒端上来后,博提伯先生架不住对方的玩笑和打趣,不得不为刚达成的这笔交易端起了酒杯。然后克莱门斯简单说了说文件的起草和签订,一切都安排好之后,他又要了两杯鸡尾酒。博提伯先生又提出反对,但不像刚才反对得那么强烈了,克莱门斯要了酒之后转过脸,笑眯眯地、十分友好地看着对方。"我说,博提伯先生,"他说,"现在生意已经谈妥,我建议我们共同享用一顿愉快的非业务午餐。你认为如何?我来买单。"

"如你所愿,如你所愿。"博提伯先生毫无热情地回答。他的嗓音细小而忧郁,说话时总是一字一顿,说得很慢,就像在对一个小孩子解释什么似的。

他们走进餐厅,克莱门斯要了一瓶一九一二年的拉菲和两只肥嘟嘟的烤鹧鸪。他已经在脑海里计算出他能拿到多少佣金,感觉心情大好。他开始谈笑风生，轻松自如地从一个话题转到另一个话题，希望能碰到客人或许感兴趣的谈资。然而没有。博提伯先生似乎听得心不在焉。时不时地，他把光秃秃的小脑袋微微歪向一边或另一边，说一句："是吗？"红酒送上来后，克莱门斯想就它扯开话题。

"我相信肯定特别棒，"博提伯先生说，"但请给我只倒一点点儿。"

克莱门斯讲了个滑稽的故事。讲完后，博提伯先生严肃地端详了他片刻，说道："真有意思。"在那之后，克莱门斯便闭上了嘴，两人默默用餐。博提伯先生喝着红酒，东道主伸手为他把酒杯满上时，他似乎并不反对。午餐快吃完时，克莱门斯暗暗算了一下，瓶里至少四分之三的酒都被客人喝掉了。

"抽一支雪茄吗，博提伯先生？"

"哦，不了，谢谢。"

"喝点儿白兰地？"

"真的不用了，我不习惯……"克莱门斯注意到对方的面颊微微有点儿泛红，眼睛变得亮晶晶、水汪汪的。干脆让这个老男孩一醉方休吧，他想，然后对侍者说："两杯白兰地。"

白兰地上来了，博提伯先生对着自己的那一大杯充满疑虑地看了一会儿，然后端起来，像小鸟一样迅速咂了一口，又把杯子放下。"克莱门斯先生，"他突然说道，"我真羡慕你。"

"我？为什么？"

"我告诉你，克莱门斯先生，我告诉你，恕我冒昧。"他的声音里有一种局促的、老鼠般的特质，使他说的每句话听起来都像是道歉。

"请跟我说说吧。"克莱门斯说。

"因为在我看来，你在生活里非常成功。"

此人喝醉了酒会闹忧郁，克莱门斯想。他是那种会犯忧郁病的人，这我可受不了。"成功，"他说，"我没看出我自己有什么特别成功的地方。"

"哦，有的，有的。你的整个生活，恕我冒昧，克莱门斯先生，看上去都是那么成功和令人愉快。"

"我是个非常普通的人。"克莱门斯说。他努力想弄清对方到底醉到什么程度。

"我想，"博提伯先生语速很慢、一字一顿地说，"我想这个酒有点儿上头，但是……"他顿了顿，寻找合适的词，"……但是我真的很想问你一个问题。"他往桌布上撒了一些盐，正用一个手指尖把盐堆成小山的形状。

"克莱门斯先生，"他说，没有抬头，"一个男人活到五十二岁，在他的整个生活中，不管做什么，都从未经历过一次小小的成功，你认为这可能吗？"

"我亲爱的博提伯先生，"克莱门斯大声笑了，"任何一个人都时常会获得小小的成功，不管这成功有多么不起眼。"

"哦，不。"博提伯先生轻声说，"你错了。拿我来说，我不记得我这辈子有过一次不管什么样的成功。"

"算了吧！"克莱门斯微笑着说，"这不可能是事实。你瞧，就在今天上午，你把你的公司卖了十万美金。我认为这是一个巨大的成功。"

"公司是我父亲留给我的。他九年前去世时公司的价值是现在的四倍。在我的管理下，它的价值损失了四分之三。你恐怕不能管这叫成功吧。"

克莱门斯知道这是事实。"是的，是的，没错。"他说，"也许是这样，但是你和我一样清楚，世上的每个人都有自己额定的一份小小成功。也许不是什么大的成功，而是许多小小的成功。比如，见鬼，你再不济，哪怕在学校里踢进一个球，当时也算是一个小小的成功、一个小小的胜利吧，或者跑了几圈步，或者学会了游泳。人总会忘记这些事情，仅此而已。只是忘记了而已。"

"我从没踢进过球。"博提伯先生说，"我从没学会游泳。"

克莱门斯举起双手，嘴里发出恼怒的声音。"是的，是的，我知道，可是你没看到，你没看到还有其他成千上万，真的成千上万的事情，比如……嗯……比如钓到一条好鱼，或修好了汽车马达，或送一件礼物让别人高兴，或种了一排漂亮的菜豆，或赢了一小笔赌注，或……或……见鬼，这样的事永远也说不完呀！"

"也许你能，克莱门斯先生，但是就我所知，这些事情我一样也没有做过。这就是我想告诉你的。"

克莱门斯放下白兰地的酒杯，怀着一种新的兴趣盯着对面这个奇特的、没有肩膀的人。他很恼火，内心没有丝毫的同情。这个人激发不起他的同情，他是个傻瓜，他肯定是个傻瓜，一个十足的、彻头彻尾的傻瓜。克莱门斯突然产生一个愿望，他想尽自己所能羞辱一下这个男人。"那么女人呢，博提伯先生？"他语气里没有表示出为这个问题感到的歉意。

"女人？"

"是啊，女人！太阳底下的每个男人，哪怕是最肮脏、最穷困潦倒的流浪汉，在某个时候也会有某种可笑的小小成功……"

"从来没有！"博提伯先生突然劲头十足地喊道，"没有，先生，从来没有！"

我想打他，克莱门斯对自己说。我真受不了这个调调儿，要不是我拼命忍着，准会跳上去把他打一顿。"你是说你不喜欢女人？"

"哦，天呐，喜欢，我当然喜欢女人。实际上，我对女人非常欣赏，真的非常欣赏。但是恐怕……哦，天呐……我不知道该怎么说……恐怕我跟她们相处得不是很好。从来都是，从来都是。你也看到了，克莱门斯先生，我的样子这么奇怪。这点我很清楚，女人们都盯着我看，我经常看见她们在嘲笑我。我从来没能跟她们……唉，怎么说呢，跟她们有过近距离接触。"他嘴角闪过一丝笑意，那么无奈而极度忧伤。

克莱门斯不想再听了。他嘟囔了几句，说博提伯先生一定是夸大事实了，然后他看了一眼手表，叫来账单，说真是抱歉，他必须回办公室了。

两人在酒店外面的街上分手，博提伯先生叫了一辆出租车回家。他开门走进客厅，把收音机打开了。然后他坐在一张很大的皮椅子上，身子往后一靠，闭上了眼睛。他并不感到头晕，但耳朵里嗡嗡的，脑子里的念头转得比平常快了一些。那个律师给我喝了太多酒，他对自己说。我就在这里歇一会儿，听听音乐，然后去睡一觉，大概就会感觉舒服些了。

收音机里在放一首交响乐。博提伯先生偶尔会去听交响音乐会，因此听出这是贝多芬的一首曲子。然而现在，他靠坐在椅子上，听着这首美妙的乐曲，一个新的念头开始慢慢地进入他醉醺醺的脑海。不是做梦，因为他没有睡着。而是一个·意识清醒的念头：我是这首曲子的作曲家。我是一位伟大的作曲家。这是我最新创作的交响乐，这是第一场演出。大厅里坐满了人——来自全国各地的评论家、音乐家和音乐爱好者——而我站在乐队的前面，在指挥他们演奏。

博提伯先生能看到整个画面。他能看到自己打着白色领带，穿着燕尾服，站在高高的指挥台上，面对整个乐队，左边是一群小提琴手，前面是中提琴手，右边是大提琴手，他们后面是所有的木管乐器、巴松管、鼓和钹，演奏者们无比专注、近似狂热崇拜地注视着他指挥棒的每个动作。他身后偌大的光线昏暗的大厅里座无虚席，一张张白色的脸上带着狂喜，都看着台上的他，他们越来越激动地聆听着世界上最伟大的作曲家的又一首新的交响乐在他们面前无比雄壮地呈现。有些观众紧紧攥着拳头，把指甲深深地扎进了掌心，因为这音乐太美了，他们无法自持。博提伯先生完全陶醉在这激动人心的幻想中，他不由得举起双臂，像指挥家一样随着音乐舞动。他觉得这么做太有趣了，便决定站起来，面对收音机，让自己的行动更自由一些。

他站在房间中央，又瘦又高，没有肩膀，穿着紧巴巴的蓝色双排扣西装，光秃的小脑袋随着挥舞的双臂摇过来摆过去。他对这首交响乐很熟悉，有时能预先知道节奏或音量的变化，当音乐变得快速而强烈时，他那么拼命地击打空气，差点儿使自己摔倒在地，而当音乐变得轻柔舒缓时，他探着身，伸出的双手轻轻摆动，让演奏者放低音量，与此同时，他一直能感觉到身后无数观众的存在，他们紧张、静止，屏息聆听。当交响乐达到最后的高潮时，博提伯先生更是前所未有的疯狂，他似乎猛然把脸痛苦地扭到一边，努力让他的乐队以越来越强、越来越强的力量，奏出最后那几个恢宏的和弦。

演奏结束了，报幕员在说话，但博提伯先生迅速关掉了收音机，瘫坐在椅子上，呼呼地喘着粗气。

"呼！"他大声说，"我的天呐，我刚才做了什么！"大颗的汗珠从他脸上和额头上渗出，顺着领子里的脖子根往下淌。他掏出一条手帕把汗擦掉，在那里歇了片刻，他精疲力竭，气喘吁吁，却感到无比的振奋。

"啊，不得不说，"他喘着气说，声音仍然很大，"确实很好玩。我从没有感到这么开心过。天呐，真好玩，太好玩了！"他几乎立刻就开始考虑再来一遍。可是这样好吗？他应该允许自己再来一遍吗？现在回想起来，不可否认，他对整个事情感到有一点儿心虚，并且很快开始怀疑其中有什么极不道德的地方。像那样放纵自己！把自己想象成一个天才！这是不对的。他相信其他人不会这么做。如果梅森正好走进来看到了呢！那可就太可怕了！

他伸手拿过报纸，假装看了起来，可是不一会儿，他就开始在当晚的广播节目单里偷偷搜寻。他把一根手指放在"8:30，交响音乐会。勃拉姆斯《第二交响曲》"这行字下面。他盯着这行字看了很长时间。"勃拉姆斯"几个字逐渐模糊、远去，最后彻底消失，取而代之的是"博提伯"这三个字。"博提伯《第二交响曲》"，清清楚楚地印在报纸上。他现在看见了。"是的，是的。"他低声说，"首场演出。全世界的人都等着聆听。他们在问，它伟大吗，会不会比他以前的作品还要伟大？作曲家本人答应亲自担任指挥。他性格腼腆、孤僻，几乎从不在公开场合露面，但是他这次被说服了……"

博提伯从椅子上探过身，按下壁炉边的铃。管家梅森在门口出现了，家里除了博提伯只有他一个人，他年事已高，矮小，严肃。

"嗯……梅森，家里有葡萄酒吗？"

"葡萄酒，先生？"

"是的，葡萄酒。"

"哦，没有，先生。家里十五六年没有葡萄酒了。你的父亲，先生……"

"我知道，梅森，我知道，请你去买一些吧。我要一瓶葡萄酒配晚饭。"

管家惊呆了。"好的，先生，要什么酒呢？"

"红葡萄酒，梅森。买最好的，买一箱。叫他们立刻送来。"

梅森离开了，博提伯为自己刚才做决定的轻率态度感到震惊。葡萄酒配晚饭！竟然这样！可是，有什么不可以呢？仔细想想，又有什么不行呢？他是他自己的主人。反正他必须有葡萄酒。葡萄酒似乎效果很好，真的效果非常好。他要喝酒，他必须喝酒，去他的梅森。

他休息了一下午，晚上七点半，梅森宣布开饭。那瓶葡萄酒放在桌上，他开始自斟自饮。他才不在乎他斟酒时梅森注视他的目光呢。他斟了三次酒，然后离开餐桌，嘴里说着不希望被打扰，反身回到了客厅。还要等一刻钟，他心里没有别的念头，只想着即将到来的音乐会。他躺坐在椅子上，让自己的思绪优哉游哉地飘向八点半。他是伟大的作曲家，在音乐厅的更衣室里焦躁地等待。他能听到远处观众们落座时兴奋的低语声，他知道他们在议论什么。报纸上几个月来都在说着同样的话，博提伯是个天才，比贝多芬、巴赫、勃拉姆斯、莫扎特等都要伟大，伟大得多。他的每一部新作品都要比上一部更加恢宏震撼，他接下来的作品会是什么样呢？我们都等不及要一饱耳福了！哦，是的，他知道他们在说些什么。他站起来，开始在房间里踱步。时间快到了。他从桌上抓起一支铅笔来当指挥棒，然后打开了收音机。广播员刚报完节目，一阵掌声突然爆发，这意味着指挥家走上了舞台。下午那场音乐会放的是唱片，这场是现场直播。博提伯先生转过身，面对壁炉，优雅地深鞠一躬。接着他又转向收音机，举起了指挥棒。掌声停止了，片刻的寂静。观众里有人咳嗽，博提伯先生等待着，交响乐响了起来。

他开始指挥时，又一次仿佛清楚地看到面前的整个乐队，看到演奏者的一张张面孔，甚至他们脸上的表情。三位小提琴手头发花白。大提琴手中有一位非常肥胖，另一位戴着厚厚的褐色框眼镜，第二排有一个吹号角的男人半边脸老在抽动，但他们都很出色，音乐也很出色。在某些荡气回肠的乐章中，博提伯先生体验到无比强烈的狂喜之感，这使他忍不住大声欢叫起来。在第三个乐章中，一种如痴如醉的轻微战栗从他的腹腔神经散发出去，如针刺一般在他的腹部皮肤上蔓延。但是最震撼的还是交响乐结束后全场雷鸣般的鼓掌和喝彩。他慢慢地转向壁炉，鞠了一躬。掌声还在继续，他不断鞠躬，最后声音平静下去，广播员的声音把他突然拉回到客厅里。他关掉收音机，一屁股坐在椅子上，精疲力竭，但满心欢喜。

他瘫坐在那里，愉快地微笑着，擦去脸上的汗，呼呼地喘着气，他已经在为他的下一场演出制订计划了。为什么不把事情做得地道一点儿呢？为什么不把一个房间改造成音乐厅，弄一个舞台，弄几排椅子，把这件事做得像模像样呢？还要买一台留声机，这样随时都能演出，不用依赖收音机里的节目。没错，老天保佑，他说干就干！

第二天上午，博提伯先生跟一家设计公司联系，想把家里最大的房间装修成一个小型音乐厅。房间一头有个垫高的舞台，其他地方摆放一排排红色长毛绒的座椅。"我要在这里举办一些小型音乐会。"他对设计公司的人说，那人点点头，说那一定很不错。与此同时，他还在一家无线电商店下了订单，购置一台昂贵的自动更换留声机，带有两个功能强大的扩音器，一个放在舞台上，另一个放在观众席后面。做完这件事之后，他出去买来了贝多芬九个交响曲的全部唱片，然后，从一个专做录音效果的地方订购了观众热情鼓掌喝彩的录音。最后他给自己买了一根指挥棒，细细的，象牙质地，装在一个衬着蓝丝绸的匣子里。

八天之后，房间就装修好了。一切都很完美：红色的座椅，中间的通道，舞台上甚至还有一个小讲台，周围有一圈黄铜栏杆，那是指挥站的位置。博提伯先生决定，当晚吃过晚饭就举办第一场音乐会。

七点钟时，他上楼来到自己的卧室，换上晚礼服，系上领带。他状态好极了。他看着镜子里的自己，那个没有肩膀的丑陋形象并未使他感到丝毫烦恼。一位伟大的作曲家，他微笑着想，他愿意是什么模样就是什么模样，人们知道他看上去注定与众不同。不过他还是希望自己头上能有头发，那样他愿意把头发留得很长。他下楼吃晚饭，三口两口吃完，喝了半瓶葡萄酒，感觉状态更好了。"别为我担心，梅森。"他说，"我没有疯。我只是在自得其乐。"

"是，先生。"

"我这里没有事了。请保证我不要受到打扰。"博提伯先生离开餐厅，走进了小型音乐厅。他拿出贝多芬第一交响曲的唱片，但是在把它放到留声机上之前，他还放了另外两个录音唱片。一个是在交响乐开始前播放的，标着"长时间的热烈掌声"。另一个是在交响乐结束时播放的，标着"持续的鼓掌、欢呼、喝彩和要求返场的叫声"。通过电唱机上一个简单的机械装置，灌唱片的人让第一个和最后一个录音——掌声——只从观众席的扬声器里传出。而所有其他的声音——音乐——则从藏在乐队椅子间的扬声器里传出。他按正确的顺序排好那些唱片，把它们放在留声机上，但并没有立刻打开机器。他把房间里的灯全都关掉，只留下一盏小灯照着指挥台，然后他坐在舞台上的一张椅子上，闭上眼睛，让思绪悠然飘入那种美妙的意境：这位伟大的作曲家，紧张、焦虑，等待着呈现他的最新杰作，观众们坐在下面，兴奋地窃窃私语，如此等等。他幻想自己进入了角色，然后站起身，拿起指挥棒，打开了留声机。

一阵雷鸣般的掌声响彻整个房间。博提伯先生走过舞台，登上指挥台，面对观众，鞠了一躬。他在黑暗中隐约看到通道另一边的座椅的轮廓，但看不清观众们的脸，他们正发出喧闹的声音。多么热烈的掌声！博提伯先生转过身面对乐队。身后的掌声平息了。唱针落在下一张唱片上。交响乐开始了。

这次比以往更加精彩刺激，在演出中，他格外留意腹腔神经周围那种麻酥酥的针刺感。有一次，他突然想到这支曲子将在全世界播放，顿时就有一种战栗顺着脊柱往下蔓延。不过，最激动人心的还是演奏结束时的鼓掌欢呼。观众们拍手、喝彩、跺脚，一遍遍地大喊："再来一个！再来一个！再来一个！"于是他转向昏暗的观众席，庄严地左鞠一躬、右鞠一躬。他走下舞台，可是他们把他唤了回去。他又鞠了几次躬，又走下舞台，他们又把他唤了回去。观众们都疯狂了。他们怎么也不肯放他走。那场面简直太震撼了，真可谓掌声雷动。

后来，他坐在另一个房间的椅子上休息时，仍然意犹未尽。他闭上眼睛，不想让任何东西破坏这种陶醉。他瘫坐在那里，感觉自己像在飘浮。真的是一种十分美妙的飘浮感觉，后来他上楼脱掉衣服睡觉时，这感觉仍然伴随着他。

第二天晚上，他指挥了贝多芬的—— 准确地说是博提伯的——《第二交响曲》。观众们跟第一场时一样疯狂。接下来的几个晚上，他每晚演奏一支交响曲，九个晚上之后，他已经把贝多芬的九支交响曲都演奏了一遍。效果一次比一次令人激动，因为在每场演出前，观众们都不停地说："他不可能再写出一部杰作，不可能再创造奇迹了。这不是人类能做到的。"然而他做到了，这些作品全都一样精彩。最后一支交响曲，《第九交响曲》，尤其令人震撼，因为作曲家突然奉献出了一部伟大的合唱作品，使每个人都感到喜出望外。他不仅要指挥乐队，还要指挥一个庞大的合唱团，班吉米诺·吉利特意从意大利飞来担纲男高音，恩里克·品扎唱低音。演出结束时，观众们把嗓子都喊哑了。整个音乐界欢呼雀跃，人们到处都在说，你永远不知道这个传奇般的人物接下来会写出怎样的宏伟巨作。

在短短九天内创作、演出并指挥九部伟大的交响曲，这对任何人来说都是一个惊人的成就，博提伯先生感到有点儿飘飘然也就不奇怪了。他现在决定再让公众吃惊一把。他要创作一大批美妙的钢琴曲，并亲自开独奏会。于是第二天一早，他就去了出售贝希斯坦琴和施坦威琴的展厅。他心情愉快，状态良好，边走边哼着新的美妙钢琴曲的片段。他脑海里全是这些旋律，它们还在不断向他涌来。有一次，他突然感觉到成千上万的小音符，有的白，有的黑，像瀑布一样，从他大脑的一个洞涌进他的脑海，而他的大脑，他那惊人的音乐家的大脑，正以同样的速度接收它们、整理它们，把它们按某种顺序整齐地排列好，使它们成为优美的旋律。有小夜曲、练习曲，还有圆舞曲，很快，他对自己说，很快他就会把它们呈现给心怀感激和崇拜的世人。

他到了琴行，推开门，几乎是自信满满地走了进去。最近这几天他改变了许多。他不再那么局促不安，也不再时刻担心别人会怎么看待他的相貌。"我想要一架音乐会用的大钢琴,"他对销售员说,"但你必须在琴上做一些手脚,使按键时不要发出声音。"

销售员凑上前,扬起了眉毛。

"能做到吗?"博提伯先生问。

"可以,先生,我认为可以,如你所愿。可是我冒昧问一句,你要这架钢琴做什么用呢?"

"如果你想知道,我不妨告诉你,我要假装自己是肖邦。我要在留声机放音乐时自己坐在那里弹琴。这让我感到很刺激。"这番话脱口而出,博提伯先生不知道自己为什么会这么说,但话一出口,收也收不回来了。他反倒感到有些轻松,因为他证明了他不介意把自己的事告诉别人。对方也许会说这是一个绝妙的主意,也许不会。他也许会说,嘿,应该把你给关起来。

"现在你知道了。"博提伯先生说。

销售员放声大笑。"哈哈!哈哈哈!太棒了,先生。真是太棒了。算我活该,谁叫我问了个愚蠢的问题呢。"他笑到一半突然停住,出神地盯着博提伯先生。"不用说,先生,你大概知道我们卖一种简单的不出声的键盘,专门做无声练习用的。"

"我要一架音乐会用的大钢琴。"博提伯先生说。销售员又看着他。

博提伯先生挑好琴,尽快地离开了琴行。他来到卖留声机唱片的商店,订购了大量音乐专辑,里面收有肖邦的所有小夜曲、练习曲和圆舞曲,由亚瑟·鲁宾斯坦弹奏。

"我的天呐,你将得到多大的享受啊!"

博提伯先生转过身,看见身边的柜台旁站着一个短腿的胖姑娘,有一张布丁般相貌平平的脸。

"是啊。"他回答道,"哦,是的。"他通常严格控制自己,不在公众场合跟女性说话,但这个姑娘令他措手不及。

"我特别喜欢肖邦。"姑娘说,她拎着一个细长的、绳拉环的牛皮纸袋,里面是她刚买的一张唱片,"我对他的喜爱超过对其他人。"

在听到琴行销售员那样的笑声之后,此刻听到这个姑娘的声音令博提伯先生感到心安。他想跟她聊聊,却不知道说什么好。

姑娘说:"我最喜欢小夜曲,那么令人舒心。你最喜欢哪些曲子?"

博提伯先生说:"这个嘛……"姑娘抬头看着他,和善地微笑着,试图缓解他的尴尬。她的笑容起了作用。他突然发现自己在说:"是这样的,也许,如果你愿意,我在想……我是说我在想……"她又露出微笑。她这次是忍不住要笑。"我想说的是,如果你愿意有空过来听听这些唱片,我会很高兴的。"

"哎呀,你真好。"姑娘顿了顿,在考虑这是否合适,"你说的是真的?"

"是的,我将不胜荣幸。"

姑娘在城市生活了很长时间,她发现老男人,脏兮兮的老男人,一般不会有心思搭理她这样一个毫无姿色的姑娘。她这辈子只有两次在大庭广众被人搭讪,对方都是喝醉了酒的男人。但这个人没喝醉,他神色局促,模样奇怪,但没有喝醉。仔细想来,是她自己先跟对方搭话的。"那太好了。"她说,"真的太好了。我什么时候能来呢?"

哦,天呐,博提伯先生想。哦,天呐,哦,天呐,哦,天呐,哦,天呐。

"我明天可以过来。"她继续说道,"我明天下午不上班。"

"啊，好的，没问题。"他语速很慢地回答，"是的，当然。我把我的名片给你。拿着。"

"A.B.博提伯。"她大声念道，"多么奇怪的名字。我叫达林顿。L.达林顿小姐。你好，博提伯先生。"她伸出一只手来跟他握手。"哦，我真的很期待！我什么时候过来呢？"

"随时。"他说，"欢迎随时过来。"

"三点？"

"可以。三点。"

"太好了！到时候见。"

他目送着她走出商店，一个矮胖、粗壮、肥腿的小个子。天哪，他想，瞧瞧我做了什么！他为自己感到吃惊。但并没有感到不快。然后他立刻开始发愁，不知应不应该让她看到他的音乐厅。当他意识到家里只有那个房间有留声机时，他心里更焦虑了。

那天晚上，他没有搞音乐会。他坐在椅子上，想着达林顿小姐，想着她来了自己应该怎么做。第二天上午，他们把钢琴送来了，一架精美的深色胡桃木的贝希斯坦琴，拿掉了腿搬进来的，然后他们在音乐厅的舞台上把腿装了上去。真是一件十分气派的乐器，博提伯先生打开琴盖，用手指按下一个琴键，没有任何声音。他本来打算钢琴一送到就独奏自己创作的第一批钢琴曲——一组练习曲——让世人震惊一把，但现在不行了。他忧心忡忡地想着达林顿小姐和下午三点的拜访。吃午饭的时候，他的恐惧更强烈了，什么也吃不下。"梅森，"他说，"下午……下午三点有一位年轻女士要来拜访。"

"一位什么，先生？"管家问。

"一位年轻女士，梅森。"

"好的，先生。"

"把她带进客厅。"

"是，先生。"

三点整，他听到了门铃声。片刻之后，梅森把她引进房间。她微笑着走进来，博提伯先生起身跟她握手。"哎呀！"她惊叫道，"多么漂亮的房子！真没想到我拜访的是一位百万富翁！"

她把自己矮胖的身体安放在一把大扶手椅上，博提伯先生坐在她对面。他不知道该说什么，他感到惶惶不安。但是她几乎立刻就开始说话，欢快地、叽叽喳喳地说这说那，一刻不停地说了很长时间。话题基本上都是他的房子、家具、地毯，以及她多么感谢他邀请了她，因为她这辈子从没有这么兴奋过。她每天辛辛苦苦地干活，跟另外两个姑娘合住一间公寓房，他根本不会知道她上这儿来有多激动。渐渐地，博提伯先生感到平静了一点儿。他坐在那里听姑娘说话，对她颇有好感，慢慢地点着他的秃脑袋，她说得越多，他越喜欢她。她活泼而饶舌，但是在这一切下面，傻瓜都看得出她是一个孤独而疲惫的小家伙。就连博提伯先生也看得出来。而且他看得很清楚。就在这个时候，他开始有了一个大胆而冒险的想法。

"达林顿小姐。"他说，"我想给你看一样东西。"他领着她走出房间，直接进了小型音乐厅。"看。"他说。

她一进门就站住了。"我的天呐！看看吧！一个剧场！一个真正的小剧场！"接着她看见了舞台上的钢琴和围着黄铜栏杆的指挥台。"可以开音乐会！"她喊道，"你真的在这里开音乐会吗？哦，博提伯先生，太让人激动了！"

"你喜欢吗？"

"哦，喜欢！"

"回那个房间去吧，我跟你详细说说。"她的热情给了他自信，他想把这件事做下去。"我们回去，你听我给你讲一件好玩的事。"他们又坐在了客厅里，他立刻开始对她讲自己的故事。他原原本本、从头讲起，说他有一天听交响乐时怎么想象自己是作曲家，怎么站起来开始指挥，怎么从中获得了巨大的喜悦，然后第二次这么做时效果同样震撼，最后讲到自己怎么在已经指挥了九首交响曲的地方建造了这个音乐厅。但是他讲述时有所隐瞒。他说，他这么做的真正原因只是想最大限度地欣赏音乐。听音乐只有一个办法，他对她说，只有一个办法能让自己聆听到每一个音符和旋律。你必须同时做两件事：你必须想象这首曲子是你创作的，同时你必须想象公众是第一次听到它。"难道你不认为，"他说，"作曲家本人第一次听到自己的作品被乐队完整地演奏出来时，他所感受到的那份激动，肯定大大超过一个外人听交响乐时的感受，你难道不这么认为吗？"

"是的，"她怯怯地回答，"当然是的。"

"那就自己变成那个作曲家！盗取他的音乐！把音乐从他那里偷来，交给自己！"他往后靠在椅子上，她第一次看见他露出了微笑。关于自己行为的这种复杂的解释，是他刚刚想出来的，但他认为这个解释很好，便忍不住笑了。"那么，你是怎么看的，达林顿小姐？"

"我必须承认这非常非常有趣。"她显得礼貌而疑惑，似乎一下子跟他有了距离。

"你愿意试试吗？"

"哦，不了。谢谢。"

"我希望你试试。"

"恐怕我对这件事没法有你那样的感觉，博提伯先生。我好像没有足够的想象力。"

她看出他眼睛里的失望。"但是我很愿意坐在观众席里，听你演奏。"她加了一句。

他突然从椅子上跳起来。"有了！"他喊道，"钢琴协奏曲！你弹钢琴，我指挥。你是最伟大的、世界上最伟大的钢琴家。我的第一钢琴协奏曲的首场演出，你弹钢琴，我指挥。最伟大的钢琴家和最伟大的作曲家的首次合作。千载难逢的机会！观众们会陷入疯狂的！他们会彻夜在音乐厅外面排队想进来。演出会在全世界播放。还会，还会……"博提伯先生停住了。他站在椅子后面，双手放在椅背上，突然显得窘迫和有点儿羞怯。"对不起，"他说，"我太激动了。你明白是怎么回事。只要一想到又有一场演出，我就兴奋得不行。"然后他可怜巴巴地，"请问，达林顿小姐，请问你愿意跟我一起表演钢琴协奏曲吗？"

"就像小孩子一样。"她说，但脸上带着笑容。

"不会有人知道。除了我们，谁都不会知道这件事。"

"好吧。"她终于说道，"我答应了。我是个笨人，但我不妨还是参加吧。就像是闹着玩儿。"

"好！"博提伯先生大声说，"什么时候？今晚？"

"嗯，这个，我不……"

"好的。"他急切地说，"请求你，就在今晚吧。到时候你再过来跟我一起吃晚饭，然后我们就开音乐会。"博提伯先生又兴奋起来。"我们必须订一些计划。你最喜欢哪一首钢琴协奏曲，达林顿小姐？"

"嗯，这个，应该是贝多芬的《皇帝协奏曲》吧。"

"那就《皇帝协奏曲》。你今晚弹它。七点钟来吃晚饭。穿晚礼服。你肯定有赴音乐会的晚礼服？"

"我有一条舞裙，但已经好多年没穿了。"

"你今晚就穿它。"他停下来，默默地看了她片刻，然后轻声说道，"你不紧张吧，达林顿小姐？也许你不太想参加。我恐怕……我恐怕激动得忘乎所以了。我似乎在逼迫你。我知道在你看来这显得多么愚蠢。"

这还差不多，她想。这才像话。现在我知道没问题了。"哦，不。"她说，"我真的挺期待的。但你刚才搞得那么严肃，真让我感到有点儿害怕呢。"

她离开后，他等了五分钟，然后去城里的留声机商店买了《皇帝协奏曲》的唱片，指挥是托斯卡尼尼，钢琴独奏是霍罗威茨。他立刻回到家，告诉惊讶的管家今晚有客人来吃晚饭。他走上楼，换上了晚礼服。

她七点钟来了。她穿着一件无袖的长裙，是用某种发亮的绿色面料做的，博提伯先生觉得她看上去不像先前那样肥胖，也不像先前那样相貌平平了。他把她直接领进餐厅，虽然梅森在餐桌旁转悠，默默地透着一丝不满，但这顿饭吃得还算愉快。博提伯先生给她斟第二杯葡萄酒时，她乐呵呵地抗议，但并未拒绝。他们吃了三道菜，她一直在叽叽喳喳不停嘴地说话，博提伯先生听着，微微点头，她的酒杯刚空出一半就给她斟满。

吃过晚饭，两人在客厅落座后，博提伯先生说："好了，达林顿小姐，现在我们开始进入角色吧。"像往常一样，葡萄酒使他心情愉悦，而姑娘比男人更不习惯喝酒，她此时也感觉很开心。"你，达林顿小姐，是伟大的钢琴家。你的教名是什么，达林顿小姐？"

"露西尔。"她说。

"伟大的钢琴家露西尔·达林顿。我是作曲家博提伯。我们必须把自己当成钢琴家和作曲家那样说话、行动和思考。"

"你的教名是什么，博提伯先生？你名字里的 A 代表什么？"

"安琪尔。"他回答。

"不会是安琪儿吧。"

"不错。"他有点儿恼火地说。

"安琪儿·博提伯。"她喃喃地说，咯咯地笑了起来。但她克制住自己，说道："我认为这是一个非常罕见和尊贵的名字。"

"你准备好了吗，达林顿小姐？"

"准备好了。"

博提伯先生站起身，开始在房间里紧张地踱来踱去。他看着手表。"差不多到时间了。"他说，"他们告诉我剧场里挤满了人。座无虚席。音乐会开场前我总会感到紧张。你紧张吗，达林顿小姐？"

"哦，是的，我也很紧张。特别是跟你一起演出。"

"我认为他们会喜欢的。我把自己的一切都倾注在了这首协奏曲里，达林顿小姐。我创作它时真是呕心沥血。后来病了好几个星期。"

"可怜的人。"她说。

"时间到了。"他说，"乐队已经各就各位。来吧。"他领着她离开房间，穿过走廊，然后让她在音乐厅门外等着，他自己先溜进去，调整灯光，打开留声机。他回来接她，两人一起走上舞台时，掌声突然爆发。他们俩站在那里，朝黑暗中的观众席鞠躬，掌声十分热烈，持续了很长时间。博提伯先生登上指挥台，达林顿小姐在钢琴边坐下。掌声渐渐平息。博提伯先生举起指挥棒。唱针落在下一张唱片上,《皇帝协奏曲》开始了。

这是一次盛况空前的演出。没有肩膀、瘦如麻秆的博提伯先生穿着晚礼服站在指挥台上,和着音乐的节奏挥舞双臂。胖乎乎的达林顿小姐穿着亮闪的绿色舞裙,坐在那架巨大的钢琴旁,倾情投入地敲打着无声的琴键。她识别出钢琴应该保持沉默的段落,每到这个时候就拘谨地把双手放在腿上,目视前方,脸上是一种如痴如醉的梦幻神情。博提伯先生注视着她,认为她在第二乐章的舒缓独奏的部分特别出彩。她让自己的双手流畅而轻柔地在琴键上滑动,脑袋时而偏向这边,时而偏向那边,有一次还闭着眼睛弹了很长时间。在激动人心的最后乐章中,博提伯先生自己失去平衡,差点儿从舞台上摔下来,幸好他一把抓住了黄铜栏杆。尽管如此,协奏曲还是辉煌地达到了最后的高潮。接着响起了真正的掌声。博提伯先生走过去牵起达林顿小姐的手,领她走到舞台边缘,他们俩站在那里,鞠躬、鞠躬、再鞠躬,下面的掌声和要求返场的喊叫声还在继续。他们四次离开舞台又回来,在第五次的时候,博提伯先生轻声说:"他们要的是你。这次你一个人出去。""不,"她说,"是你,是你。求求你。"可是他把她推上前,她接受了观众们的喝彩,然后回来说道:"现在轮到你了,他们想要你。你听不见他们在喊你吗?"于是博提伯先生独自走上舞台,神色庄重地向左、向右、向中间鞠躬,最后在掌声彻底停止时走下舞台。

他领着她直接走回客厅。他呼吸急促,脸上大汗淋漓。她也有点儿气喘吁吁,面颊红得发亮。

"一场宏伟的演出,达林顿小姐。请允许我向你表示祝贺。"

"多么了不起的协奏曲啊,博提伯先生!多么非凡的协奏曲!"

"你的演奏很完美，达林顿小姐。你对我的音乐有真正的感觉。"他用手帕擦去脸上的汗，"明天我们演奏我的第二协奏曲。"

"明天？"

"当然。你忘了吗，达林顿小姐？我们预定要合作整整一星期的。"

"哦……哦，是的……我恐怕是忘了。"

"没问题吧，是不是？"他担忧地问，"听了你今晚的演奏，我再也无法忍受别人弹我的音乐。"

"我认为没问题。"她说，"是的，我认为没什么问题。"她看着壁炉架上的钟："天呐，这么晚了！我得走了！我明天没法起床去上班了！"

"上班？"博提伯先生说，"上班？"然后，他慢慢地、很不情愿地把自己拉回到现实中，"啊，是的，上班。当然，你得去上班。"

"我当然要上班。"

"你在哪儿上班呢，达林顿小姐？"

"我？怎么说呢。"这时她迟疑了片刻，看着博提伯先生，"实际上，我是在那所旧学院工作。"

"但愿是一份令人愉快的工作。"他说，"那是什么学院？"

"我教钢琴。"

博提伯先生跳了起来，似乎身后有人用帽针戳了他一下。他嘴巴张得大大的。

"没问题呀。"她微笑着说，"我一直想做一回霍罗威茨。我能不能，你说我明天能不能成为施纳贝尔呢？"

南方男人

快要六点钟了，我想去给自己买瓶啤酒，出去坐在游泳池边的一把帆布椅上，享受一点儿傍晚的阳光。

我走到吧台买了啤酒，拿着它来到外面，慢悠悠地穿过花园朝游泳池走去。

花园很漂亮，有草坪、杜鹃花圃和高高的椰子树，大风一阵阵吹过椰子树梢，叶子沙沙响，并发出咔咔的声音，就像着了火似的。我看见树叶下面挂着一簇簇褐色的大椰子。

游泳池周围有许多帆布椅，还有白色的桌子和色彩绚烂的大伞，一些被阳光晒得黧黑的男人和女人穿着游泳衣坐在那儿。游泳池里有三四个姑娘和大约十来个小伙子，他们都在欢快地戏水，把一个大橡皮球互相扔来扔去，闹出很大的动静。

我站在那里看着他们。几个姑娘都是住在酒店的英国人。那些小伙子我不认识，但他们说话是美国口音，我猜大概是海军学员，是那天早晨从到港的美国海军训练船登岸的。

我走过去，坐在一把大黄伞下。这里的四个座位都空着，我给自己倒了啤酒，拿着一根烟，舒舒服服地坐了下去。

坐在阳光里，有啤酒，有香烟，感觉十分惬意。坐在这里看着那些游泳者在碧绿的水里嬉戏，也是一桩美事。

美国海员跟那些英国姑娘相处得十分融洽，已经发展到可以潜入水下，抓着姑娘的腿把她们倒竖起来的程度了。

就在这时，我注意到一个上了年纪的小个子男人步履轻快地在游泳池边走。他穿着一尘不染的白西服，迈着有点儿跳跃的大步子，走得很快，每走一步都踮起脚，把身体往上挺一下。他戴着一顶很大的乳白色巴拿马帽，一跳一跳地走过游泳池的一边，看着周围的那些人和椅子。

他在我身边站住，面带微笑，露出两排很小的、微微泛黄、参差不齐的牙齿。我也朝他报以微笑。

"打搅了，我可以坐在这里吗？"

"当然。"我说，"坐吧。"

他一跳一跳地走到椅子后面，检查了一下是否安全，然后坐下来，交叉起双腿。他那双白色的鹿皮皮鞋上布满了透气的小孔。

"真是个美丽的傍晚。"他说，"牙买加的傍晚都很美丽。"我分辨不出他的口音是意大利还是西班牙的，但我可以肯定他来自南美洲的什么地方。凑近了看，他年岁已经很大。大概有六十八或七十岁了。

"没错。"我说，"这里真令人心旷神怡，不是吗？"

"恕我冒昧，这些都是什么人呢？他们不是酒店的客人。"他指着池子里的游泳者。

"我猜他们是美国海员。"我对他说，"是美国人，在接受水兵训练。"

"他们是美国人，这是不用说的。这个世界上还有谁能闹出那么大的动静呢？你不是美国人吧？"

"不，"我说，"我不是。"

突然，一个美国海员站在了我们面前。他刚从游泳池里出来，身上滴着水，旁边站着一个英国姑娘。

"这些椅子有人坐吗？"他说。

"没有。"我回答。

"我可以坐吗？"

"坐吧。"

"谢谢。"他说。他手里拿着一条毛巾，坐下后，把毛巾展开，掏出一包香烟和一个打火机。他把香烟递给姑娘，姑娘拒绝了。然后他把香烟朝我递来，我拿了一根。小个子男人说："谢谢，不用了，我有雪茄。"他掏出一个鳄鱼皮匣子，给自己拿了一根雪茄，然后掏出一把带小剪的刀子，剪掉了雪茄头。

"来，我给你点火。"美国小伙子举起打火机。

"风这么大，打不着的。"

"没问题，能打着。每次都能打着。"

小个子男人把没有点燃的雪茄从嘴里拿出来，把脑袋歪向一边，看着小伙子。

"每次都能？"他缓缓地问。

"当然，没有一次打不着。至少我没碰到过。"

小个子男人仍然把脑袋歪向一边，眼睛仍然注视着小伙子。"是吗，是吗？你是说，这只高级打火机没有一次打不着。你是这么说的吗？"

"当然。"小伙子说，"没错。"他大约十九或二十岁，有一张布满雀斑的长脸和一个尖尖的、有点儿像鸟的鼻子。他的胸口没被晒得很黑，上面也布满了雀斑，还有几缕浅红色的胸毛。他右手拿着打火机，准备擦火轮。"没有一次打不着。"他说，脸上露出微笑，故意强调自己刚才说的大话，"我向你保证，没有一次打不着。"

"请等一等。"那只拿雪茄的手高高举起，掌心朝外，似乎在阻止交通。"请等一等。"他说话的嗓音特别温和而沉闷，眼睛一直看着小伙子。

"我们要不要拿它小赌一把呢？"他笑眯眯地看着小伙子，"我们要不要小赌一把，看你的打火机能不能打着？"

"没问题，我赌。"小伙子说，"为什么不呢？"

"你喜欢赌？"

"当然，我经常赌。"

男人顿了顿，打量着自己的雪茄，必须承认，我不太喜欢他的行为方式。他似乎已经打算搞点儿什么名堂，让那个小伙子下不了台，与此同时我还有一种感觉，他心里似乎暗藏着某个小秘密。

他又抬头看着小伙子，慢悠悠地说："我也喜欢赌。我们何不就拿这玩意儿赌一把呢？赌一把大的。"

"慢着，慢着。"小伙子说，"那我可做不到。但我可以跟你赌一个角子。甚至跟你赌一个美元，或者，用这里的钱来说—— 大概是几个先令吧。"

小个子男人又挥了挥手："听我说。我们来点儿好玩的。我们先下个赌注。然后回酒店，到我的房间去，那里没有风，我赌你这只高级打火机不可能连续十次都打着，没有一次打不着。"

"我赌我能打着。"小伙子说。

"好，很好。说赌就赌，行吗？"

"行。我赌一美元。"

"不，不。我给你下一个很棒的赌注。我是个有钱人，也是个好赌的人。听我说，我的车就在酒店外面，一辆很漂亮的车，美国车，来自你们国家——凯迪拉克……"

"慢着，慢着，等一等。"小伙子往帆布椅上一靠，大声笑了起来，"我可拿不出那么大一笔财富。这太离谱了。"

"一点儿也不离谱。你连续十次把打火机成功打着，凯迪拉克就归你了。你愿意得到这辆凯迪拉克，是吗？"

"当然，我愿意有一辆凯迪拉克。"小伙子仍然嬉皮笑脸。

"好。很好。我们打赌，我的赌注是我的凯迪拉克。"

"我的赌注是什么呢？"

小个子男人仔细撕去仍未点燃的雪茄上的红箍。"朋友，我肯定不会要你用你拿不出的东西下注。明白吗？"

"那我用什么下注呢？"

"我不会为难你的，明白吗？"

"好的。你不为难我。"

"一件小东西，你完全出得起，万一你输了，也不会感到太难过。怎样？"

"比如说什么？"

"比如说，也许是你左手的小指头。"

"我的什么？"小伙子脸上的笑容消失了。

"没错。这有什么呢？你赢了，汽车就归你。你输了，我把手指头拿走。"

"我不明白。你把手指头拿走，这是什么意思？"

"我把它砍下来。"

"我的天呐！这赌注太疯狂了。我还是出一个美元吧。"

小个子男人把身子往后一靠，两个手掌朝上摊开，轻蔑地微微耸了耸肩膀。"好吧，好吧，好吧。"他说，"我真不理解。你说它能打着火，但又不敢赌。那就算了吧，好吗？"

　　小伙子一动不动地坐着，盯着在池里游泳的那些人。然后，他突然想起还没有把香烟点燃。他把香烟叼在唇间，用双手拢住打火机，转了一下火轮。油绳着了，绽出一朵小小的、稳定的黄色火苗，小伙子用双手护着，火苗丝毫不受大风的影响。

　　"我可以借个火吗？"我说。

　　"哟，对不起。我忘了你没有火。"

　　我伸手去接打火机，没想到他站起身，走过来为我点火。

　　"谢谢。"我说。他回到了自己的座位上。

　　"你玩得开心吗？"我问。

　　"不错。"他回答，"这里很漂亮。"

　　接着便是沉默，看得出来，小个子男人的荒唐建议已经让小伙子心神不安。他一动不动地坐在那里，显然有一种小小的紧张情绪在他内心逐渐堆积。然后，他开始在座椅上蠕动，揉搓胸口，抚摸脖子后面，最后他把双手放在腿上，用手指敲打自己的膝盖。不一会儿，他的一只脚也在敲打地面了。

　　"这样吧，我们再核实一下你提的这个赌。"他最后说道，"你说我们去你的房间，如果我用这个打火机连续十次打着，我就赢得一辆凯迪拉克。只要有一次没打着，我就输掉了左手的小指头。是这样吧？"

　　"完全正确。这就是赌注。但是你好像害怕了。"

　　"如果我输了怎么办？我必须把手指头举起来让你砍吗？"

　　"哦，不！那样可不好。你可能会忍不住把它缩回去的。怎么办呢？在我们开始前，我应该把你的一只手绑在桌上，然后我拿着一把刀站在那儿做好准备，只要你的打火机没打着，我就砍下去。"

"你的凯迪拉克是哪年的？"小伙子问。

"你说什么？我没听懂。"

"年份——凯迪拉克买了多久？"

"啊！买了多久？是的，去年刚买的，差不多是一辆新车。但我看你不像一个赌徒，美国人都不是。"

小伙子顿了顿，先看看英国姑娘，然后看看我。"好，"他突兀地说，"我跟你赌。"

"太好了！"小个子男人把双手轻轻一拍。"很好。"他说，"现在就赌。拜托，先生，"他转向我，"麻烦你行个好，当一回，叫什么么来着，当一回—— 当一回裁判。"他眼睛的颜色很浅，近乎无色，有一对黑亮的小瞳孔。

"这个，"我说，"我认为这个赌太离谱了。我似乎不太认可。"

"我也不喜欢。"英国姑娘说，这是她第一次开口说话，"我认为这个赌很愚蠢，很荒唐。"

"如果这个小伙子输了，你真要砍掉他的手指吗？"我说。

"当然。如果他赢了，我也真会把凯迪拉克给他。好了，走吧。都去我的房间。"

他站了起来。"你想先穿上点儿衣服吗？"他说。

"不用。"小伙子说，"我就这样。"然后他转向我，"请你也一起过去当裁判吧。"

"好的。"我说，"我也过去，但我不喜欢这个赌法。"

"你也一起过去。"他对姑娘说，"你过去看着。"

小个子男人领头穿过花园返回酒店。他现在活跃起来了，十分兴奋，走起路来似乎踮着脚尖跳得更高了。

"我住在配楼。"他说，"你想先看看车吗？就在这儿。"

他领我们走到能看见酒店前门车道的地方，他停住脚，指着停在附近的一辆光洁的浅绿色凯迪拉克。

"就是那辆。绿色的。喜欢吗？"

"哟，真是一辆漂亮的车。"小伙子说。

"好吧。现在我们上楼，看你能不能把它赢到手。"

我们跟着他进入配楼，走上一道楼梯。他打开门锁，我们鱼贯而入，走进一间温馨的大双人卧室。一张床的床尾放着一套女人睡衣。

"首先，"他说，"我们来喝一点儿马提尼。"

酒水在房间那头角落里的一张小桌上，东西很齐全，调酒器、冰块，还有许多玻璃酒杯。他开始调制马提尼，在这之前他按了按铃，先是听见门外有人敲门，接着一个黑人女侍者走了进来。

"啊！"他说，放下手里那瓶杜松子酒，从口袋里掏出钱包，抽出一英镑钞票。"有劳你现在帮我做点儿事。"他把钞票给了女侍者。

"这钱你拿着。"他说，"现在我们要在这里玩一个小游戏，我需要你去给我找两样—— 不，三样东西。我需要几颗钉子、一把锤子，还需要一把切肉刀，肉铺用的那种切肉刀，你可以从厨房借一把。听明白了吗？"

"切肉刀！"女侍者一双眼睛睁得老大，双手紧攥在胸口，"你是说真正的切肉刀吗？"

"是的，没错，当然。拜托你快去吧。你肯定能替我找到这几样东西。"

"好的，先生，我去试试，先生。我肯定会尽力弄到。"说完她就走了。

小个子男人把马提尼递给大家，我们站在那里，小口啜饮。小伙子，雀斑、长脸、尖鼻子、赤胸裸背，只穿着一条旧的褐色游泳裤；英国姑娘，一位大骨架、黄头发的姑娘，穿着浅蓝色游泳衣，一直从眼镜上方注视着小伙子；小个子男人，长着一双无色的眼睛，穿着一尘不染的白西服，站在那里喝马提尼，看着穿浅蓝色游泳衣的姑娘。我看不懂这一切是怎么回事，男人似乎对打赌很认真，似乎真的打算砍手指。可是见鬼，万一小伙子输了呢？我们就必须开着那辆他没有赢得的凯迪拉克，把他火速送到医院，那乱子可就闹大了。这不是无事生非吗？在我看来，那根本就是一件毫无意义的蠢事。

　　"你不认为这个赌打得有点儿荒唐吗？"我说。

　　"我认为这个赌很不错。"小伙子回答。他已经灌下一大份马提尼。

　　"我认为这个赌很愚蠢，很荒唐。"姑娘说，"万一你输了怎么办？"

　　"没关系。仔细想来，我不记得这辈子什么时候用到过我左手的小手指。"小伙子抓住那根手指，"这就是它，从来没为我做过一件事。所以，拿它打赌有什么不可以呢？我认为这个赌很不错。"

　　小个子男人微微一笑，拿起调酒器，又给我们斟酒。

　　"在我们开始之前，"他说，"我要把车钥匙交给——交给裁判。"他从口袋里掏出一把钥匙递给了我，"车主和保险的文件，"他说，"都在汽车上的袋子里。"

　　这时，黑人女侍者又进来了。她一只手里拿着一把切肉刀，就是肉铺用来剁肉骨头的那种刀，另一只手里拿着一把锤子和一袋钉子。

　　"太好了！你都弄到了。谢谢，谢谢。现在你可以走了。"他等到女侍者出去关上了门，才把这些用具放在一张床上，说道："现在我们开始做准备，好吗？"接着对小伙子说，"请帮我搬一下这张桌子。我们把它搬出来一点儿。"

就是那种常见的酒店写字台，普普通通的长方形桌子，约莫四英尺长、三英尺宽，上面放着吸墨纸、墨水、钢笔和纸。他们把桌子从墙边搬到房间中央，拿开了那些文具。

"现在，"他说，"再来一把椅子。"他搬起一把椅子放在桌边。他非常敏捷，非常活跃，如同一个在儿童聚会上组织游戏的人。"现在先弄钉子。我必须把钉子钉牢。"他拿来钉子，开始用锤子把它们敲进桌面。

我们站在那里，小伙子、姑娘和我，手里端着马提尼，看着小个子男人忙活。我们注视着他把两根钉子敲进桌面，互相隔开六英寸左右。他没有一下子敲到底，而是让每颗钉子都露出一部分。然后，他用手指试了试它们是否牢固。

谁都看得出来这杂种以前干过这事儿，我对自己说，他没有半点儿迟疑。桌子、钉子、锤子、厨房切肉刀。他清楚地知道自己需要什么，怎么安排布置。

"现在，"他说，"只需要几根绳子了。"他找到了几根绳子。"好了，终于都准备好了。请你过来，坐在桌子旁边。"他对小伙子说。

小伙子放下酒杯，坐了下来。

"现在把左手放在这两根钉子之间。钉这两根钉子是为了能把你的手绑牢。好，很好。现在我把你的手牢牢绑在桌上——这样。"

他用绳子绕住小伙子的手腕，又在手掌上绕了几圈，然后把绳子紧紧绑在钉子上。他的活儿干得很地道，绑好后，小伙子根本不可能再把手缩回去。但是他的手指可以活动。

"现在请你攥拳，只把小手指露出来。你必须把小手指留在外面，放在桌上。

"太好了！太好了！现在一切就绪。你用你的右手操作打火机。不过，请等一等。"

他跳跃着走到床边拿起了切肉刀。他走回来，手里拿着切肉刀站在桌边。

"都准备好了吗？"他说，"裁判先生，你必须说开始。"

英国姑娘穿着浅蓝色游泳衣，就站在小伙子的椅子后面。她只是站在那儿，一句话也没说。小伙子一动不动地坐着，右手拿着打火机，眼睛看着切肉刀。小个子男人看着我。

"准备好了吗？"我问小伙子。

"准备好了。"

"你呢？"我问小个子男人。

"准备好了。"他说，然后把切肉刀举起来，悬在离小伙子手指大约两英尺的高处，随时准备砍下去。小伙子看着刀，但并没有退缩。他嘴巴纹丝不动，只是扬起眉毛，随即皱起眉头。

"好，"我说，"开始吧。"

小伙子说："请你大声报出我打火的次数，好吗？"

"好的，"我说，"没问题。"

他用大拇指掀开打火机的盖子，又用大拇指使劲转了一下打火轮。火石冒出火星，油绳着了，迸出一朵小小的黄色火苗。

"一次！"我喊道。

他没有把火苗吹灭。他合上打火机的盖子，等了大约五秒钟，又把盖子打开。

他非常用力地转动打火轮，油绳上又迸出一朵小火苗。

"两次！"

其他人谁都没有说话。小伙子眼睛盯着打火机，小个子男人举着切肉刀，也目不转睛地看着打火机。

"三次！"

"四次！"

"五次！"

"六次！"

"七次！"这显然是一只很好用的打火机。火石迸出大火星，油绳不长不短正合适。我注视着那个大拇指"啪"的一下用盖子压住火苗，顿一顿，然后大拇指又一次掀开盖子，完全是大拇指在操作，是大拇指完成每个动作。我深吸一口气，准备报出"八次"。大拇指转动打火轮。火石迸出火星。小火苗出现了。

"八次！"我的话音未落，门开了。我们都转过身，看见一个女人站在门口，一个黑头发、小个子的女人，已经年迈，她在门口站了约两秒钟，然后冲上前来，喊道："卡洛斯！卡洛斯！"她一把抓住小个子男人的手腕，夺过切肉刀扔在床上，又抓住他白西服的翻领，开始一个劲地用力摇晃他，一边快速、大声、凶狠地对他说着什么，听上去好像是西班牙语。她把他摇晃得太猛烈，你简直都看不清他了。他成为一团模糊的、快速移动的轮廓，就像轮子转动时的辐条。

接着，女人放慢速度，小个子男人才又重新出现在视线里，女人把他拖到房间那头，推倒在一张床上。小个子男人坐在床沿，眨巴眨巴眼睛，转了转脑袋，看看它是否还能在脖子上转动。

"我非常抱歉，"女人说，"发生这样的事，我真的非常抱歉。"她说一口近乎完美的英语。

"太不像话了。"她继续说道，"我认为这都怪我。我只离开他十分钟去洗洗头发，没想到回来就发现他又犯了老毛病。"她看上去充满歉意，忧心忡忡。

小伙子正在把他的手从桌上解下来。英国姑娘和我站在一旁，什么也没说。

"他是个危险分子。"女人说，"在我们家乡，他从不同的人身上取走了四十七根手指，同时他自己也输掉了十一辆车。最后，他们威胁说要找个地方把他关起来，所以我才带他来了这里。"

"我们只是小赌一把。"小个子男人坐在床上嘟囔。

"我猜他是用一辆车跟你打赌。"女人说。

"是的，"小伙子回答，"一辆凯迪拉克。"

"他没有车，那是我的，这就更不像话了。"她说，"他已经一无所有了，竟然还跟你打赌。我为这件事感到脸红，感到非常抱歉。"她似乎是个特别善良的女人。

"好吧，"我说，"这是你汽车的钥匙。"我把钥匙放在桌上。

"我们只是小赌一把。"小个子男人嘟囔。

"他已经没有任何赌资了。"女人说，"他已经一无所有，一无所有。不瞒你们说，就是我在很久以前把一切都从他那里赢了过来。花了很长很长时间，非常艰难，但最后我都赢到手了。"她抬头看着小伙子，脸上露出微笑，一种款款的、忧伤的微笑，然后她走过来，伸出一只手来拿桌上的钥匙。

现在我看见了她的那只手。除了大拇指，只剩下了一根手指。

初刊于《克里尔》1948.9.4
又名《吸烟者》

待宰的羔羊

作者 _ [英]罗尔德·达尔　译者 _ 马爱农

产品经理 _ 阿么　装帧设计 _ 肖雯　产品总监 _ 李佳婕
技术编辑 _ 顾逸飞　责任印制 _ 刘淼　出品人 _ 许文婷

营销团队 _ 王维思　魏洋

果麦
www.guomai.cn

以 微 小 的 力 量 推 动 文 明

DECEPTION

© The Roald Dahl Story Company Limited, 1947, 1948, 1952, 1953, 1958, 1977, 1980, 1987

版权合同登记号：图字：11-2021-151

图书在版编目（CIP）数据

待宰的羔羊 /（英）罗尔德·达尔著 ；马爱农译
. -- 杭州 ：浙江文艺出版社，2021.11（2023.8重印）
ISBN 978-7-5339-6596-9

Ⅰ．①待… Ⅱ．①罗… ②马… Ⅲ．①短篇小说—小
说集—英国—现代 Ⅳ．①I561.45

中国版本图书馆CIP数据核字(2021)第156241号

责任编辑 於国娟
装帧设计 肖 雯

待宰的羔羊

［英］ 罗尔德·达尔 著 马爱农 译

出版 浙江文艺出版社
地址 杭州市体育场路347号 邮编 310006
经销 浙江省新华书店集团有限公司
印刷 北京盛通印刷股份有限公司
开本 880mm×1230mm 1/32
字数 176千字
印张 7.75
印数 30,001—35,000
版次 2021年11月第1版
印次 2023年8月第6次印刷
书号 ISBN 978-7-5339-6596-9
定价 45.00元